U0764223

愛羅先珂童話集

文學研究會出版

1922

Vasely Eroshenko

Homarano

I

Ekbruligis mi fajron en kor',
Ĝin estingos nenia perfort'.
Ekflamigis mi flamon en brust',
Ĝin ne povos estingi eĉ mort'.

II

Brulos fajr' ĝis mi vivos en mond',
Flamos flam' ĝis ekzistas la ter.
Mia nom' estas la homaran',
Nom' de l' fajr' la homara liber'.

de la Aŭtoro

目次

序

愛羅先珂先生的童話，現在輯成一集，顯現於住在中國的讀者的眼前了。這原是我的希望，所以很使我感謝而且喜歡。

本集的十二篇文章中，自敍傳和爲跌下而造的塔是胡愈之先生譯的，虹之國是馥泉先生譯的，其餘是我譯的。

就我所選譯的而言，我最先得到他的第一本創作集夜明前之歌，所譯的是前六篇，後來得到第二本創作集最後之歎息，所譯的是兩個小小的死，又從現代雜誌裏譯了爲人類，從原稿上譯了世界的火災。

依我的主見選譯的是狹的籠，池邊，鵰的心，春夜的夢，此外便是照着作者的希望而譯的了。因此，我覺得作者所要叫徹人間的是無所不愛，然而不得所愛的悲哀，而我所展開他來的是童心的，美的，然而有眞實性的夢。這夢，或者是作者的悲哀的面紗罷？那麼，我也過於夢夢了，但是我願意作者不要出離了這童心的美的夢，而且還要招呼人們進向這夢中，看定了眞實的虹，我們不至於是夢游者(Somnambulist).

一九二二年一月二十八日．魯迅記．

我的學校生活的一斷片

——自敘傳——

一

我是個瞎子。我在四歲時，瞎了眼睛。那時我哭泣着呼號着，脫離了白晝的，光明的，五色繽紛的，有無窮希望的世界，變成了黑暗的『夜之國』裏的國民。這一樁事是好的還是壞的呢？我可不知道。我只覺得『夜』繼續着，而且將要永遠繼續着，待到我的生命絕滅了纔止。但是，我咀呪他麼？不，確乎不是的！從前著名的盲著作家霍克斯先生（Hawks）在他的"The Hitting of the Dark Train" 裏邊說：『中午的太陽把世界和世界的一切驚異，指示給我；但是夜卻把宇宙，無數的星，無際限的空間，——全生活的廣大和驚異——指示給我。白晝指示給我的，不過是人的世界，夜指示給我的，却是神的宇宙，夜雖然帶了痛苦給我，夜有時也帶了悲慘凄切給我，可是，在夜裏，我却能聽得許多星兒一塊兒歌唱着，在夜裏我又能學習着理解自然，從自然中發見自然之神。』

霍克斯曾經說過這樣的話；他幼小時候失去了一足，到十五歲時又瞎了眼睛，可是後來他著了許多關於動物生活的著作，到底成爲美國一個最大的自然科學家。現在我也能這樣說不能呢？要是我和霍克斯一般，住在大森林中安適而又華美的屋子裏，許多家屬圍繞着，那麽我也許可以說同一的話了。但是，我雖然渴慕自然的佳景，我却時常在莫斯科，倫敦，東京那麽大都市的繁喧中生活着。在那些都市的繁喧中，夜並不能使我聽得許多星兒的歌唱，夜也不能教導我理解自然，更從自然中理解自然之神。夜教導我的，是別的幾件事情，但現在我不說這個；我要說的是在學校中他們教導我的那些事.

我在九歲的時候,他們把我送到莫斯科的盲童學校裏去念書.那所學校彷彿是和全世界隔絕的:學生們在閒空的時候,不許走到學校外邊去,甚至也不許到父母家裏去.我們整日地被先生看管,連一刻也不得放鬆.

有一次,先生教給我們,說地球面積是很大的,所以人類雖這麼多,都還能找一塊地方,在地球面上生活着.我的朋友臘賓(Lapin)——一個十一歲的男孩子——便問道,『要是地球面積是很大的,我的父親為什麼竟不能得到一片耕地,却時常租種着阿洛甫伯爵(Grafo Orlof)的田呢?』於是先生因為臘賓發的是『愚問』,便把他責罰了一頓,因為在我們校裏,我們對着先生,是只准發那些『智問』的.

過了不久,先生問臘賓,『你剛纔問的是「愚問,」你現在自己明白了沒有?』起初臘賓還沒有明白，先生便叫他立着，等他明白了他的問語的愚蠢時纔止。過了半點鐘，臘賓纔算明白了，於是先生纔許他坐下。下課後，我問臘賓，問語愚蠢的地方究竟在那兒。他回答說不知。我又問，『你剛纔不是說你已明白了麽?』臘賓答說，『我明白的乃是：爲發問而受罰而直立，這纔是愚蠢的事哩!』

先生又和我們說，人類分成許多的種族，如白種，黃種，紅種，黑種等等，最進步最文明的是白種，最野蠻的是黑種和紅種。於是臘賓又立起來問道，『我們被稱作最進步最文明的種族是不是只因爲我們有白的皮膚呢?』別的一個孩子也起立問道，『在夏季裏，有許多人被太陽曬得漆黑了，他們不是都變了野蠻麽?』先生說他們所發的兩問，都是些愚問，因此罰臘賓和別一個孩子都直立着，等到他們明白了自己的愚蠢纔止。

二

在我們學校近旁，是柏洛甫先生（Sro. Perlof）的住宅。柏洛甫是俄國最大的茶葉公司的經理，那公司是專向中國採辦大幫茶葉的。有一次中國著名外交家李鴻章來到莫斯科，柏洛甫便在自己家裏款待他。李鴻章聞知我們的學校在柏洛甫住宅的近邊，他便想帶便來參觀。於是他穿着中國衣服，腦後拖著大辮，來到我們的校裏。他非常和氣，而且准許我們去摸他的衣服和辮子。我因爲知道李鴻章是『屬於黃種，』所以緊緊地握住了他的手，細細摸索了一番，想尋出白種的手和黃種的手，究竟有什麼不同的地方沒有。過了幾分鐘，我便問先生道，『李鴻章是眞的黃種麼？』先生說了一聲是。

『但是黃種的手和白種的手，到底有什麼分別，我可是找不出呢！』

臘賓也湊上來說：『李鴻章要是屬於黃種，他一定要比我們野蠻得多了。但是我看來，他似乎至少比我們的彌海印（Mihain）總要和善些兒罷。』（彌海印是我們校裏的僕役，我們最憎惡這人。）

我們正在談話時，和李鴻章同來的那個譯員，向他說了幾句，李鴻章哈哈地笑了一陣。他出去之後，我和臘賓因為對於貴人失了敬禮，便受了嚴厲的懲罰。他們不許我們吃東西，等到我們明白了自己的失禮時纔止。一直到了那日晚上，我們纔明白，纔得和別的孩子一塊兒晚飯。在晚飯的當兒，我低聲地和臘賓私語着：我已摸過了黃種的李鴻章的手了，這手倒比我們那位白種校長的手，滑澤的多呢。臘賓便也低聲說：我想，李鴻章不但比我們的彌海印更和善，便比我們的白種的先生們，也文明得多了。那時先生也在膳堂吃飯，便立刻命我和臘賓立起來，吩咐着說，『快走到這邊，把你們的私語，當着衆人老老實實地說出來！』可憐那時我們還沒有學會說謊的本領，匆促間又怎麼編造得出，於是不由得戰慄着把剛纔所說的話都一五一十的說出來了。先生聽了自然大怒，他叫我們在冷冰冰的石板地上一齊跪着，並且說，在我們沒有完全明白我們自己的過失之前，不許我們站起身。一直到了夜半後，——飯都沒有吃——我們纔算明白了自己的過失。我們把中國人的劣點和奇形怪狀，都記起來了這些事都是平日先生教給我們的，現在都拿來加到可憐的李鴻章的頭上去了。我們於是開始交換着說，『李鴻章的確不及我們先生那樣的文明，不及我們先生那樣的智慧，因爲他束有奇異樣子的裙，他拖着滑稽的辮髮，在他年幼的時候，他把他的兩脚緊緊地裹在很小的木鞋裏，使變成一雙小脚……』

我們的同級生嚷道：『不，只有中國的女孩子們是那樣的罷！』

臘賓却毫不屈服地答說：『那不是一樣的麼？要是李鴻章是女子，也免不了要這樣做的。』

和我們同級的一個女學生便嚷道，『我想女孩子們誰也不會願意裏足的；這都是父母做出來的罷。』可是臘賓仍舊不服氣，答說：『假如女孩子們自己做了父母，伊們也是要這樣做的呵。』於是大家都笑起來，我們便繼續着歷數李鴻章的野蠻的證據。

『先生時常和我們說：中國人是東方的猶太人，李鴻章當然也是東方的猶太人了。他只知道謀自己的利益；他愛金錢比世界上的什麽東西都還愛；他爲了金錢，會得把什麽人什麽東西都賣掉呢……』

談到這裏，臘賓更覺得津津有味了，他說，『從前猶太人爲了三十個銀圓，把基督賣了，那東方的猶太人李鴻章爲了三十個銅子——假如沒有人肯出更高的價値時——也不見得不會把基督賣去罷。』於是大家又大笑起來，我們自然越有興致，便接下去說，『李鴻章喜歡在大庭廣衆中看着執行慘刑或處决罪犯；他有許多妻子；他只愛他的兒子，對於女兒却很淡漠他的兒子生時他受人家的慶賀但要是生下來的是女兒他就不高興；他騎了人行路；他喝的茶是不攙糖的；李鴻章用了黑猫當作早餐，用了小狗和蠕蟲當作午餐，用了蜜炙耗子當作晚餐；他捉住蟣虱時便放到嘴裏把他嚼死……』

『够了够了，』先生們嚷着說，這時有幾個正喝着羹湯，聽了便要嘔起來了。於是先生饒赦了我們，准我們去吃晚飯。膳堂裏的大衆都大笑大樂，只有我們悶悶地坐着，眼淚淌下來，淌在我們的羹裏，這羹我們連嘗都不想嘗了。

『現在已饒赦了你們了，你們爲什麽還要哭泣呢？』先生問了好幾次，我們却一句都沒有話說。先生看見我們一點東西都沒吃，倒担心起來了，便走過來問我，『你們有了什麽事情呵？爲什麽儘着哭泣，不吃一些東西呢？』臘賓囘答說，『我們現在自己責罰着，自己不想吃東西，因爲我們對那黃種的李鴻章，實在太惡毒太蠻橫了呵。』先生聽了，一個字都沒有說。

在那日晚上，我們在夢中又看見那個李鴻章，他束著異樣的裙，腦後拖着滑稽的辮髮，但他却怎樣的和善，他的兩手却又是怎樣的滑澤而且可愛呵！

三

先生教給我們，凡是國家都各有統治的君主，國家要是沒有君主或統治的人，便像學校裏沒有監學，便決不會進步了。我們聽了都忍不住要笑了；因爲我們在學校裏，最快活的便是監學先生生病的時候，在那時我們可以自由取樂，凡是有趣的玩意兒，不論什麼我們都可以玩耍，有趣的故事，不論什麼我們都可以講談。這時先生已看出我們臉上的笑容，便怒著說，『我講的沒什麼可笑，你們爲什麼要笑呢？無可笑而笑，這可以證明你們的愚蠢。』於是我們都默着。

先生繼續講授下去說，『現在單講俄國，我們有一位皇帝，他在頭上戴着寶貴的皇冕，在身上穿着寶貴的御服，他坐在寶座中，在手裏捧着玉笏……』

臘賓打斷先生的話，問說，『但是假如皇帝的頭上沒有皇冕，身上沒有御服，手裏也沒有玉笏，人們能不能忍出他是一個皇帝呢？』這問是個『愚問，』臘賓又要罰立，但是他却抗辯着說：『但是，先生，我們不看見皇冕，也不看見御笏，那麼，怎樣能夠認出這人是皇帝或者不是皇帝呢？』這問却是大愚而特愚了，於是臘賓罰跪在地板上。

先生接續說，『我國除了皇帝之外，還有貴族。我們對於貴族應當崇敬，應當服從，因爲他們是屬於貴族階級，我們却不過是賤民罷了。』

這時候臘賓正跪着，在我們當中更沒有能發愚問的人，只有一個同級的女孩子，忽然想起一件事來，問道，『但是蘭珂甫（Langhof是我們校中一個貴族出身的盲童）也是從男爵的門第中生出來的，他也應該受特別的崇敬和服從麼？』這問可又是一個愚問了，伊也罰立。

先生繼續下去說，『正像在學校裏，有臘賓那些的壞孩子，時常要和先生厮鬧，和先生作對，在國家也有許多壞痞，時常找尋著機會，去和政府厮鬧，和政府作對。這一種壞痞，是叫做「社會黨」「無政府黨」……我們對於這種壞人，應該小心害怕，而且憎惡著纔好呵。』

可是我們當中，卻沒有一個害怕臘賓，也沒一個憎惡臘賓的；反而，我們卻都愛著臘賓，比別的更愛。我想，要是所謂國家當中的壞痞，是和學校當中的壞痞一樣好的，那麼，在我看來是毫不足怕的了。

上過了這一課之後，不多幾時，有一位亞歷山大微支親王（Prince

Sergy Alexandrovitch)——俄皇尼古拉斯第二的叔父——忽然想起要來參觀我們的學校。這時候他做了莫斯科總督。（總督General-Gubernilestro是俄國最高的地方官員，在俄國只有兩個總督：一個駐在彼得格勒，一個駐在莫斯科，他握有全省的軍政民政權。）在一禮拜之前，他們已開始準備一切，把校舍和學生都重新佈置，專候這一位貴客到來。警察和兵士們在學校，亭園，和四周街道中密佈着，防有無政府或革命黨在路上行刺。（按亞歷山大微支親王，過了兩三年後，終於被一個無政府黨用炸彈擊死。）

等到了那天，一切都停當了，我們只等着鐘聲一響，便一齊到大廳裏去排隊迎接。但離約定的時間，還差十多分鐘，鐘聲忽然響了起來。我想這大約是敲鐘的人過於巴結的緣故，所以我並不性急，直過了十多分鐘，我纔離了私室到大廳裏去。我剛在路上走時，忽然有一個不相識的人把我攔住了，問道，『你到那兒去呢？』

我答說，『我到大廳裏，迎接皇太叔去。』

他又問我吃過了午餐沒有，我說吃過了。他又問午餐好吃不好吃我便道：

『要是午餐不好吃，難道你願意另給好吃的午餐麼？』

『自然呵，那有什麼不可呢。』那不相識的人說。

『那麼，你每天給我一頓午餐和一頓晚餐，因爲每天的午餐和晚餐，都很不好吃呢。』

那不相識的人笑着說，『你雖然不能看見，却也很愛別人麼？』

『那是一定的，我從來沒有見過我的朋友，可是我很愛他們咧。』

『你愛我不愛？』

『我不認識你，要是認識的話，我是不愛你的。但是現在我沒有工夫，而且也不願意和你講話，因爲皇太叔不久就要來哩。』

我說完了這幾句話，便急急忙忙地跑到大廳上去。後來有人告知我當我和那人講話的時候，先生的臉上一陣青一陣紅一陣黑，幾乎嚇的動彈不得了。原來和我談話的那個不相識的人，便是親王自己；當他和我說話時，他搖着手，不許別人穿插進來，所以我竟沒有知道他。親王去了之後，我被拘禁在一間特別室裏。他們商議着要把我開除出校。

「你怎麼敢在親王面前，說這樣無禮的話呢？」先生很嚴厲地詰問我。

「但是我想不到他便是親王呀。」

「怎麼會想不到的呢？他的名貴的御服，就算你看不見，他的胸前華麗的勳章，這在俄國是沒有第二個人會有的，就算你也看不見，他那尊嚴華貴，你總該嗅得出來罷。他身旁站着兩名契克沙衞隊，(Chekesa 是高加索地方的一種民族，以忠誠驍勇出名，俄國皇宮貴人多招募此種民族，以充近身衛兵。）他的身後，站着許多佐領副將，就算你都看不見，但是你總也該嗅得出來罷。』

『不，我委實是嗅不出來。我只當那不相識的人，是派到校裏來站班的一名警察，因爲他竟是這樣的冷酷無情的。』

但是後來先生終於饒恕了我了，因爲不久我便明白了我自己的深罪大惡；只有我的朋友臘賓說，便是那親王頭上戴着寶貴的皇冕，手裏捧着玉笏，前面排着彼得堡的全副禁衛軍，也沒有人會想到他是一個親王，怕也不過當他是一個兇悍無禮的兵士罷了。

四

我已在上文說過，我們的學校是和全世界隔絕的，然而照例每兩禮拜一次，先生却同了校役，帶領着我們，到公立的浴堂裏去，那所浴堂便專讓我們，租用兩三個鐘頭．有一次，在到浴堂裏去的途上，我和我的朋友臘賓，走的緩了些，便落在後面，和學生的隊伍相隔，已有二三十英尺，校役只看管着前面的幾個，所以竟沒有覺察．我和臘賓剛從街上過去的時候，忽然有一個人問我們，我們便停了下來．

那人問道，『好孩子，你們可知道他們帶領着你們到什麼地方去麼？』我們勉強地脫去了我們的帽子，對那不相識的人，恭恭敬敬地行了一個禮，温和地囘答說，『是呵，可敬的先生，教師們帶領了我們到浴堂裏去哩．』

那不相識的人奇祕地笑着說，『爲什麼？去洗澡麼？』

『是呵，可敬的先生呵，我們去洗一個澡，因爲先生說，身體隔了兩禮拜，已是不潔了，須得洗一下子纔是．』

『那麼你們的先生說，精神要過了幾個禮拜，纔變成了不潔呢？』不相識的人問我們。

我們說，『這個先生還沒有和我們說過。』

他笑了一笑又問道，『一個人是很容易弄髒的，只要一分鐘就够，你們懂得不懂得？』

『啊，對了，可敬的先生呵，在陰雨的天氣，我們私下走到我們的花園裏，立刻就會得弄髒了我們自己；我們動一動手，走一步路，便到處都染了汚泥了；但在那時候，先生只有責罰我們，訓斥我們，却並沒帶領我們到浴堂裏去呢。』

那不相識的人聽了這話，便道，『在現在的時代，到處都是陰雨的天氣，我們只要動一動手，走一步路，便會得弄髒了我們自己，但是先生並不帶領了我們到浴堂裏去洗一個澡，却只有訓斥我們責罰我們罷了。』

這時候是八月的下旬，天氣又晴朗，又乾燥，大約有兩三禮拜沒下雨了，所以我們聽了那不相識者的話，竟是莫明其妙。這時已經有許多人聚了攏來，他們看見我們臉上狐疑的樣子，和半張着口發怔的神氣，都不由地笑了起來。同時有一個先生同了兩個校役，慌忙地趕過來，到了我們這邊，在我們頰上，批了幾下，大怒道，『你們須得結實地懲罰一下纔好哩！我和你們說過多少次數了，叫你們不要和叫化子去講話！現在你們却在大街上，在大衆面前鬧出這樣的笑柄來！你們到底爲什麼要脫了帽，站在這麼一個汚穢的壞痞的前面呢？嚇，你們這些不可救藥的瞎眼兒呵！』

他和校役這樣地喊着，很猛烈地把我們拉到別的學生的隊伍邊去了。

到了浴堂裏，先生喚我們到別一個房間裏去，他手裏拿着一條戒尺，說他要把我們大大地責罰一頓，因爲我們敗壞了學校的名譽。他說：莫斯科的人民聽得尊貴的盲童學校裏的學生和街上的叫化子談話，他們不知道要說些什麼呢？他們想起學校教師和這個叫化子來，不知道又要怎麼呢？這樣可怕的叫化子，在我一生都沒有見過，他留着又長又汚的指甲，披着一塊汚穢的破布，頭髮結的蓬蓬鬆鬆地，從頭頂直到光赤的脚底都是烏黑黑地生滿了無數的蟣虱……』

那一條戒尺，怒氣勃勃地舉在空中，隨後在我的光赤的背上，恨命地打了一下，第二下是打到臘賓的身上去，第三下却又是輪到了我。

我那時咬緊了牙齒，也不敢呻吟，也不敢叫喊；但是第二下打在臘賓身上時，他忽然喊起來道：『但是，先生，我們並沒有知道那不相識的人，是這麼一個可怕的叫化子呵！』

『那麼，你當他是誰？』

臘賓低聲地說：『我當他是個親王哩……』

於是我接上去說，『我們當他胸前懸着華麗的勳章，這一種勳章在俄國除了他是沒第二人會有的……』

一種奇異的呼聲，從先生的喉底發出來，我們聽得這呼聲，像是疑問，像是驚詫，又像是恐怖。戒尺從他手中落下來，躺在地上。我們可以看出，在這一剎那，先生突然間在他生活中第一次——也可以說是最後一次——看見了黑暗的『夜之國，』和『夜之國』中的親王，這一位親王從頭頂到了光赤的脚底都是烏黑的生滿了無數的蟣虱，但是他胸前却懸着華麗的勳章，這勳章，在俄國除了他，是沒有第二人會有的。

從浴堂出來回到校裏，我們已等待着受嚴厲的懲罰，但先生却沒有說什麼。我想這也許是因爲先生不敢把這事情報告校長的緣故，因爲教師這樣疎忽，由着學生去和叫化子說話，要是給校長得知了，這是免不了先把教師埋怨一頓的。

現在再說幾句話，結束這一篇短文：從這樣看來，『夜』教給我的事，第一件便是懷疑，——懷疑於一切的事和一切的人。他教我不要相信我們先生的話，他更教我不要聽信一切握權者的號令。什麼事情我都不信，一切的握權者，我都懷疑。我對於『神的善』和『魔的惡』一樣地懷疑，對於一切政府，和信賴政府的一切社會也一樣地不信。但是別的瞎子呢，『夜』却教他們把一切都當作眞理，教他們各守自己的本分。在我的朋友當中，有一大半的人，他們都聽信先生的話，都服從握權者的號令，全沒有什麼懷疑的事情。這一類的人，他們在社會當中，早就得到了相當的位置，有的是做音樂師，有的是做教員，有的是做工人；他們都娶了老婆，生了兒子，安安穩穩地度着他們的幸福的生活。只有我呢，却一無所得，至今還是東西南北的漂流着。到了這處，不信這處，到了那處，又不信那處。誰能說我將來到了被咒咀的日子，不會站在大街的暗角上，做『夜之國』中的親王呢？誰能說我將來不會伸了手向過路的人求乞呢？……

——愈之譯

狹的籠

一

老虎疲乏了……

每天每天總如此……

狹的籠，籠裏看見的狹的天空，籠的周圍目之所及又是狹的籠……這排列，儘接着儘接着，似乎渡過了動物園的圍牆，儘接到世界的盡頭。

唉唉，老虎疲乏了……老虎疲乏極了。

每天每天總如此……

來看的那癡獃的臉，那癡獃的笑聲，招嘔吐的那氣味……

「唉唉，倘能够只要不看見那癡獸的下等的臉呵，倘能够只要不聽到那癡獸的討厭的笑呵……」

然而這癡獸的堆，是目之所及，儘接着儘接着，沒有窮盡，渡過了動物園的園牆，儘接到世界的盡頭；那粗野的笑聲，似乎宇宙若存，也就不會靜。

唉唉，老虎疲乏了……老虎疲乏極了……

老虎便貓似的盤着，深藏了頭，身體因爲嫌惡發了抖，想着：

「唉唉，所謂虎的生命，只在看那癡獸的臉麼？所謂生活，只在聽那癡

獸的哄笑的聲音麼？……」

從他胸中流露了沈重的苦痛的歎息。

「喂，大蟲哭着哩，」看客一面嚷，一面紛紛的跑到虎檻這邊來。虎的

全身因爲憤怒與憎惡起了痙攣，那尾巴無意識的猛烈的敲了檻裏的地

板。

他記起他還是自由的住在林間的時候，在那深的樹林的深處不知幾千年的大樹底下，飾着花朵的石頭的神祇來了。人們從遠的村落到這里來，都忘却了他在近旁，跑倒在這石頭的神祇面前，一心不亂的祈禱。

時時漏出歎息來，時時洒淚在花朵上，這淚混了露水，被月光照著，可難解，夜明石似的發光。或者充滿了歡喜在花上奔騰，或者閃閃的在葉尖耽着冥想，而且區別出人的淚和夜的露來，在那時的他是算一種心愛的游戲。

有一夜，他試舐了落在石神祇面前的，寶石一般神異的閃爍着的人間的眼淚了。他那時，還沒有很知道在神祇之前，人們的供獻中，無論比寶石，比任何貴重的東西，都不能再高于眼淚的供獻，因此他只一回，但是只一回，舐着看了，於是就在這一夜，他被捉住了。他以爲這是石神祇的罰。

現在一想到，虎的胸脯便生痛，痛到要哭了。他也學那人類在石神祇面前，虔誠的跪着祈禱這模樣，向了石神祇，跪下叫道：

「神呵，願只是不看見那癡獸的臉呵，願只是不聽到那癡獸的笑呵……」

這其間，不知什麼時候，那癡獸的笑聲已經漸漸的遠了開去，低了下去，春夢似的消在幽隱裏，老虎側着耳朵聽，在他耳中，只聽得清涼的溪水的微音，而且要招嘔吐的人類的臭味，也消失了，其中卻瀰滿了馥郁的花的香氣。

老虎愕然的睜開着眼睛，張皇的四顧。

誰能想像這老虎的歡喜呢。覺得窘迫的籠中，人類的癡獸的影子，此刻全都不見了。他睡在不知幾千年的大樹底下的飾着花朵的石神祇面前。人的眼淚，還是映着月光，神奇的在花上閃爍。

現在纔悟得，當想舐淚珠的時候，他便睡着了。

「阿阿愉快，一切全是夢，唉唉好高興呵。」

老虎跳起來，尾巴敲着脅肋，在月光中歡喜的跳躍奔走，那胸膛裏滿了自由，那身體裏，連到細小的纖維也溢出不可思議的力，凜凜的顫動。

阿阿愉快，我只以爲狹的籠和人類的癡獃是眞實的，卻也不過一場可厭的夢罷了，但無論是夢是眞，可再沒有別的東西比籠更可厭。

「只有這一點是眞實，只這一點，我便是到死也未必忘却的。」一面說，老虎並無目的的在樹林間走。

忽而跳，忽而走，在草地上皮球似的翻騰，或則輾轉，老虎已自不知經過了多少里了，待到或一處，正要走出大平原去的時候，他嗅到異樣的氣味，急忙立定了，他的巨大的鼻子，因爲要辨別這氣味，哆索的動了。

「哦，是羊哪，什麼近處該有羊在那里……

但是，仿彿覺得久違了似的……」

一面說，老虎暗暗地藏着足音，將羊臊氣當作目標，在高的草莽中匍過去。

暫時之間，他前面看見高峻的圍牆，而且漸聽得圈在那圍牆裏面的羊的懵懂的聲息。這樣的圍牆，老虎是已經見過幾百遍的罷。而且，幾百遍跳過了這樣的圍牆，捕過羊與小牛的罷。但今夜，一見這圍牆，虎的心裏卻騰起了不可言說的憤怒的火燄了。

「籠，狹的籠……」

他說着，疾於飛箭的撲上去。吐出比霹靂更可怕的咆哮，用了電光一般的氣勢，徑攻這圍牆。被那非將一切破壞便不罷休的大風似的，他的足一搯擊，這用大柱子堅固的造就的圍牆便如當風的蛛網一般搖蕩起來。

一剎時，那苗實的粗壯的柱子，彷彿孩子玩的積木的房屋似的，一枝一枝的倒下去，兩三分間，高峻的圍牆便開了一個通得馬車的廣大的門。

「喂，羊們。可愛的兄弟們。到自由的世界去。快出籠去呵。」他一面雷也似的吼，一面仍接續着圍牆的破壞。但怕得失神的羊羣，卻在牆角裏擠作一堆，毫不動彈，只是索索的抖。老虎以爲從羊羣看來，似乎再沒有比自由世界更可怕，於是烈火般怒吼起來了。

「喂，人類的奴隸，下流的奴隸們。不要自由麼，狹的籠比自由的世界還要捨不得麼？下劣東西。」

他說着，攻進了發抖的羊羣中間，從一端起，用了他的強力的足，一匹一匹的捉了摔出圍牆外面去。

雖然如此，那放出外面的羊，卻發出一種彷彿用了鈍的小刀活活的剜着肚腸似的，悽慘的哭聲，又逃回原地方來了。牧人和守犬，卻被這情景嚇住了，只是惘然的拱着手看，但元氣漸漸恢復轉來要打退這老虎，便一齊來襲擊。兩三粒鎗彈打進了老虎的身中，犬羣發出可怕的嘷聲，擺好了伺隙便咬的身段。

「羊呵，你們纔是下流的奴隸，你們纔是無法可想的畜生哩。比愚昧的狗還要下等的東西。你們纔是永久不得救的！」

老虎吐血似的獨自說，只五六跳便進了樹林。於是那形相隨即不見了。蹲在石神祇面前，他舐着傷痕，而且哭着。

「唉唉，但願只是不聽到那悽慘的聲音……」

他塞住兩隻耳朵，祈禱石神祇。

「只是不聽到那可怕的聲音……那一直響到世界盡頭的悽慘的奴隸的聲音……」

他哭着。

三

老虎經過了拉閣（一）的壯觀的別館的旁邊他動身向着喜馬拉牙的嶮峻的山，作長路的旅行的時候，在孟加拉末加斧鉞的鬱蒼的森林和荒野中，來往奔馳的時候，他在這別館前面，已經走過好多回了。對於那高的石牆和深的濠溝，他常給以侮蔑的一瞥。

（註一）Rajah，東印度土着的侯王，舊翻曷囉闍者即此。

然而，這一回剛到別館前面，老虎卻彷彿被魔鬼攫住了似的，突然在濠端立定了。心臟的動悸很劇烈，呼吸也塞住了。

「籠，又是狹的籠……」

宏壯的別館裏，拉闍的二百個美人花一般裝飾着，在那里度着豪侈的生涯。

走過這別館的村人們，不知怎樣的羨慕着那些女人的生活呢。年青的女兒們，當原野的歸途中，許多冋佇立在濠溝的樹影裏。而且背着草籠，反覆的揣想着那奢華的卻又放恣的生活，直待走到伊的窮乏的茅廬。然而怎的呢？老虎現在覺得明明白白地聽到那美的女人們仰慕自由的深的歎息了。

他軋軋的切着牙齒。

他前面，看見石牆圍着的別館的高壯的屋頂，在樹縫裏，映了強烈的太陽，黃金似的晃耀；牆外是鎖鏈一樣，繞着深的二三丈的濠溝。

老虎是從小便嫌憎人類的。從很小的時候，從還捧着他母親的乳房的時候，但雖如此，現在卻連自己也不能解，一想到那高的石牆圍着的女人們，他的心便受不住的突突的跳，那呼吸也塞住了。

他巡視了別館兩三冋；他剛在大的鐵門前面，惘然的看那從濠的那邊曳起的長橋，使聽得大路上有人近來了。

老虎跳進叢莽裏，將身體帖着地面，等待人類的到來。停了一會，許多侍從環繞着的華麗的行列，從樹木間通過了。在行列的中央，看見奴隸抬着的美麗的帖金的肩輿兩三乘。一乘是拉闍的肩輿，一乘是拉闍的妙齡的第二百零一位新夫人的肩輿。沒有知道叢莽陰裏躲着的老虎，靜靜的過去了。老虎看見了拉闍的燃着歡樂之情的愉快的臉，而且也看見了從頭到腳裹着寶石和綺羅的拉闍的第二百零一位新夫人，然而顏面遮了面幕，他卻沒有見，只看見美而且柔的春天似的蔚藍潤澤的眼，美麗的生光。一見這眼：老虎禁不住慄然了。

「我確乎在什麼地方見過這眼的，確乎。那優美的，悲哀的，因爲恐怖而顫抖的眼……

哦有了。確乎是的。」

老虎悲哀的笑了。這眼，和老虎捉過許多囘的鹿的眼，是完全相像的。

老虎淒涼的笑了。

想着這些事情的時候，拉闍的行列已經走到別館這邊去。長橋徐徐的放下，大的鐵門開開了。將臉藏在這門的面幕後邊的拉闍的二百夫人們，含着笑迎接這兩人。

然而，橋便曳上，門便關閉了，虎的耳朶中，只聽得下鎖的大聲長久的長久的響。

太陽跨過了西方的山，看不見了。豺犬的吠聲來告人夏夜的將近。別館的屋頂在樹木深處溶入暮靄裏，老虎彷彿受了石牆的蠱惑一樣，茫然的佇立在濠溝的旁邊。

老虎也有做不到的事。這二三丈闊的濠溝和那高的石牆，誰能夠跳過去呢？

老虎歎息了

「唉唉，老虎也有做不到的事……」

正對面有些聲音，有誰逃着，有誰趕着。老虎睜了眼向着石牆那邊看。這上面忽然現出面幕蓋着臉的美眼睛的妙齡的女人。伊還穿著結婚的衣裝，跣足立在石牆上。伊的嬝娜的身軀充滿了恐怖在晚烟中發抖；老虎很懂得，這全如鹿被老虎所逐似的。

伊想跳到濠溝裏，但當伊將跳的時候，伊的眼突然遇到了立在對岸的看定伊的閃得奇異的眼。伊本能的一退後。這瞬間，後面奔來的拉閤便捉住伊，老虎啣鹿一般，硬將伊帶走了。

虎耳裏只留下伊的絕望的微聲。一聽到這聲息，老虎便忘却了一切，全身火燄似的燃燒，慄慄的顫抖了；他出了全力忘其所以的跳下濠溝去。兩三分時之後，他攀上石牆如一匹極大的貓。於是不久，他在牆頭出現了。

在這里立了片時，他便消失在拉闍的庭園裏。

這地方已經一切都寂靜。只是噴泉的清涼的聲音。只是花的低語……虎的心逐漸沈靜了。他暫時站住，嗅著什麼似的，使鼻子翕翕的動。

瀰滿了花香的夜氣，茫漠的漂流，覺得消融了人類的臭味。老虎深吸了這香氣兩三次，這纔分別出正在尋覓的香來。他全不出聲的上了寬闊的廊沿，窺向天鵝絨的帷幔裏。廣大的華麗的房屋裏。沒有一個人，老虎偷偷的進去，再看一回這房屋。空曠的屋因爲壯麗的器具和寶石的光氣，滿著奇妙的光輝。靠近廊沿，放在雲石臺上的大玻璃匣中，金魚正和月亮的光線相游戲。屋的一角裏，金絲雀在豪華的籠的泊木上，靜靜的睡眠。老虎一見這，忘却了一切，又復怒吼起來了。

「籠，又是狹的籠……到處都是籠。」

老虎輕輕一跳，到了鳥籠的近旁。

「金絲雀呵，快出去，外面去罷，飛到自由的世界去那。美麗的樹林浴著月光，正在等你呢。」一面說，老虎將一足輕輕一撲，便打破了這籠的一半了。金絲雀喫了驚，抖著身子，逃向籠的最遠的角落裏，想躲起來，拍拍的鼓翼。

「我是給你自由的。快飛出這狹的籠去。快飛到自由的世界去……」

但似乎在金絲雀，是再沒有比自由更可怕，再沒有比自由世界更不安的嚇人的東西了。

「人類的下流的奴隸。下劣東西。不要自由麼？」

老虎將一足伸進籠中，抓住了拍拍的金絲雀，扯出外面來。但到了外面的金絲雀已經不呼吸了。老虎將小死屍托在掌上，暫時就月光下茫然的只是看。

「雖然是奴隸，卻可愛哪。而且美呢。……」

然而似乎忽而想到別的事了，他將死了的冷的金絲雀放在屋正中最亮的處所，又輕輕的跳到金魚這邊去，他由月光透了水看那玻璃匣裏的金魚。

金魚張開大口。一口一口的喫著映在水中的月，時時一翻身，顯出肚子，和月光游戲起來。

虎眼中露出同情之色了。

「可憐的小小的金魚呵，

我帶你到廣而且美的恆河去罷。在那里是流着更乾淨的水。我帶你到廣大自由的無限的海裏去罷……在那里是浮著更美的月亮。同到這自由的美的世界去罷……」

但金魚嚇得沈下去了；似乎在金魚，是再沒有比美的恆河更可怕，再沒有比廣大自由的海更不安的嚇人的東西了。

「奴隸，又是人類的奴隸，到處都是奴隸。」

老虎將右側的前足伸下水裏，想去捉金魚，然而金魚卻嘲笑他似的，毫不費力的滑出他足外去，老虎憤怒了。用後足坐着一般的直立起來，兩個前足都浸在水中，要捉金魚，潑剌潑剌的攪著水。

雖然這樣，金魚卻箭似的從足間巧妙的滑出了。

「畜生，人類的奴隸！」

老虎很憤怒，更厲害的攪水，因這勢子，玻璃匣失了平均，一聲很大的聲響，落在地板上了。被這聲響喫了驚的虎，便本能的跑到門口去。不出二三分時，從屋的深處，忽然掣開了帷幔，跳出右手拏著手鎗，只穿寢衣的拉闍來。奮然的飛奔前來的拉闍的眼和怒得發抖的虎的銳利的眼，一剎那，只一剎那，對看了，……

尖銳的手鎗聲，連別館的根基都震動了的虎吼。人類戀慕生命的最後的呻吟．

於是又接著印度之夜的不可思議的寂靜．

只是噴泉的淸涼的聲音，只是花的低語……而壯麗的大廈的地坂上，浴著月光，金魚潑剌的跳着，拉閣的二百零一個女人們，連呼吸的根也停著．

四

老虎睡在森林深處的神祇面前，舐着胸間的深傷．胸脯，足，全體，無不一抽一抽的作痛，但他已經不願意哭了；他只露出痛楚的深的太息．他並沒有向石神祇祈禱，要治好他胸間的傷，他單是裝着憂鬱的臉，沈沒在思想裏．他已經不願意像人類一般，向石的神祇求救了．

印度的夏夜又近了晚間，用那黑的外套靜靜的掩蓋了一切．豺犬的遠吠來報告他的來到了；虎也想睡，而遠地裏聽得禽鳥的帶著憂慮的聲音．這不平安似的夜的寂靜，使老虎難于平心靜氣的睡覺．他抬起頭來，聳着耳朵，看定了前方．

「什麼呢？許是人罷……

哦，大約又有誰來祈禱了……阿，還不止一个人．

幾个呢？一个兩个三个四个……呵，了不得．來的多着哩．」

他憂愁似的要辨別出氣味來，使鼻子凜凜的動．

「阿，也有認識的在裏面，是誰呢？

不是獵人的及讚……

也不是樵夫的阿難陀……

也不是托鉢和尚的羅摩……哦，是了．像鹿的女人麼？呀，也有拉闍的氣息……

不要胡鬧．將他的頭本已打作四片了的……確乎是打作四片的了，還有婆羅門在裏面．一个兩个……究竟什麼事呢？哦，祕密的組織．又是將活的女人和棺木燒在一處麼？未必便是那像鹿的女人和拉闍的棺木燒在一處罷．」（二）

（註二）這便是所謂「撒提，」男人死後，將寡婦和屍體一處焚燒，是印度的舊習慣．印度隸英之後，英人曾經禁止這弊俗，但他們仍然竭力祕密的做，到現在還如此．

他抖着說．

「這卻不許的

無論怎樣，只這像鹿的女人是．」

他躲在叢莽的陰影裏探着動靜．正在這時候，相反的方面起了一陣靜風，將新的氣息，通過林木送到虎的鼻間來了．

「那究竟是什麼呢？」

他翕翕的動着巨大的鼻子，很注意的要辨別這氣息。

「阿阿，又是人類麼？也有火藥氣。哼，印度士兵麼？還有白種人許是官……危險，似乎就要圍住這地方，不給誰知道……究竟想要怎樣呢，彷彿就要捉誰似的……未必要打獵罷。來的好多呵……也許有百人以上哩。」

婆羅門引導着的，二三十人的壯觀的葬式的行列，停在石神祇面前了，但是婆羅門以及伴當的人們，都似乎有所忌憚，怯怯的，竭力的要幽靜，而且都露出恐怖的顏色，慌慌張張的看着近旁。像鹿的女人也將憂愁似的眼光射向樹林裏。這在老虎，也分明感得，伊彷彿等著什麼人想有誰快來，將伊救出婆羅門的手裏去。

「等着我罷，沒有知道我便在這里……叫我出林去呢。」

老虎的心喜歡……老虎欣然的笑了。

奴隸們動手做起事來，不到十分時，美的森林中央便成了一坐高的柴木的山。然而像鹿的女人還在祈禱。這悲哀的祈禱似乎沒有窮盡。婆羅門和別的人們都焦急了。

「趕緊罷，趕緊罷，聖火等着你呢，提婆（三）等着你的靈魂，等着你的清淨的靈魂呢。」

（註三）此翻天。後文又有摩訶提婆，此云大天。

奴隸們將壯麗的金飾的拉闍的棺材靜靜的放在柴木上。然而像鹿的女人還在祈禱，沒有忙。伊用了絕望似的眼，透過了印度的夏夜叫着誰。老虎欣然的笑了。

婆羅門的小眼睛，針似的在骨出的臉上，鋒利的發光。

「趕快罷，趕快罷，

摩訶提婆等着你的最後的清淨的犧牲，等着你對於丈夫盡了最後的義務。」

奴隸們執着蛇舌一般通紅的燒着的炬火，等久了婆羅門的號令，點火於柴木的山。

像鹿的女人向林間一瞥伊最後的眼，被兩個婆羅門幾乎強迫的引上柴木的山去，在微風飄動的面幕底下，老虎分明看見伊的比面幕更加蒼白的容顏。

婆羅門開始了異樣的祈禱；奴隸們四面點起火來。

稀薄的煙如最後的離別的歎息一般，靜靜的升上夜的空中去。

老虎已經忘却了一切，便想跳到人中間去了。然而這刹那，却有直到這時候，誰也沒有留心的紅的軍隊，箭似的從四面飛到葬地這邊來。婆羅門的臉和那伴當的臉，一見這印度士兵，便化成恐怖，都站住了。而且像鹿的女人的滿心歡喜的呼聲，彷彿到那遠的喜馬拉牙山也還發響。

這呼聲，便短刀似的穿透了老虎的心胸了。

「並非我，是等着白人。」

他用兩足抱了胸膛，使他不至於痛破……他用兩足按了胸膛，使他不漏出悲哀的痛苦的歎息來。白人揮着異樣的紙片，發了什麼號令，于是忽然將像鹿的女人帶下柴木，抱在自己的胸前。一見這，婆羅門的眼是閃電一般發光，而虎的心胸是拆裂似的痛。

不知道因爲恐怖呢還是憤怒，婆羅門全身發著抖，高擎了兩手，大叫道：「印度的神明，伊古以來守護印度國的神明衆。今以無間地獄之苦，詛咒離叛諸神明的這女人！」

那伴當們都谷應似的覆述道，「詛咒這女人！」「詛咒愛印度之敵，愛印度的國民之敵，離叛了服役於印度諸神明的我輩的這女人！」

伴當們都一齊叫道，「詛咒這女人！」

聽了詛咒的話，像鹿的女人顫抖了，然而白人愈聽詛咒，却愈將發抖的女人緊抱到自已的胸間去。因爲得勝而閃出喜色的白人的臉，湊近了像鹿的女人的臉了；而且老虎覺得聽到了戀愛的言語。

於是拉闍的棺被奴隸抬著，婆羅門和那些伴當被軍隊帶着；像鹿的女人抱在白人的手裏，彷彿夏夜的夢，毫無痕迹的消滅了。

只有稀薄的烟如最後的歎息一般，微微的舞上空中去。

五

老虎跳起來了，那胸脯是受不住的痛，那胸脯是燃燒着連自己也不知道的到現在未嘗感着過的苦痛的熱情。他不出聲音的，不使石神祇看見，也不使有人留心，靜靜的在高的草莽裏匍過去，去追躡那夏夜的夢一般的消去了的人踪。印度的夏夜是悄悄的深下去了，不知幾千億的樹林的葉片們，浴雨似的浴着月光，都入了深沈的酣睡。

突然聽得有誰的尖利的叫聲，破了夜之寂寞了，接着是鎗聲兩三發，人們的動搖。暴風一般飛過樹陰中的黑的影。於是那不可思議的夜之寂寞又復連接起來。

老虎暗暗地出了平原，那路上還看見微溫的血迹，他從旁一瞥石神祇的臉。

「不妨事，什麼也不知道，便是知道也沒有什麼大干礙，不過少了一個白人。」

他自己說着，又隱在叢莽的陰影裏；但便是他，卻也沒有再到石神祇面前睡在那花上的勇氣了。印度的夏夜以黑外套掩蓋一切，很安靜。

豺犬的遠吠來通知到了夜半了。

忽而破了夜的黑外套，從林中到石神祇面前，來了那像鹿的女人，雪白的面幕掩在後邊，那毫無血色的蒼白的臉上披着頭髮。那美的潤澤的眼正如失望的象徵，伊的纖柔的手裏閃着鋒利的銀裝的七首。

跪在石神祇面前，伊想祈禱了，然而一切祈禱，一切祈禱的話，伊便是一句也忘却了。

這被月光照着的，將祈禱的話便是一句也忘却了的像鹿的女人的臉，石神祇定是永遠不忘的罷。即使一句也好，伊要想出祈禱的話來，然而無效，因爲那祈禱的話，在伊是便是一句也忘却了。

「我是爲國裏的諸神明所詛咒的，我是違背了聖婆羅門的意志的我愛了印度的敵人，印度諸神明的敵人。在我只賸了到地獄裏去的路。」

伊手裏的銀匕首，明晃晃的閃在伊的胸前。

老虎如自己的胸脯上中了利刃似的叫喊起來。而且跳出叢莽中，他用一足舉起那倒著的像鹿的女人的頭來看。他從伊胸前拔出匕首來看……石神祇是先前一樣的立着。向這神祇作爲最後的供獻的，女人的胸中的血，滴在花朵上。老虎看着漸次安靜下去的女人的臉而且想。

他這纔分明悟到，人類是被裝在一個看不見的，雖有強力的足也不能破壞的狹的籠中。一想到籠，老虎又憤怒了。

「人纔是下流的奴隸，人纔是畜生；但是將人裝在籠裏面，奴隸一般畜生一般看待的，又究竟是誰呢？」

他從旁一瞥石神祇的臉。

「不，不是那東西，那東西是什麼都不知道……那麼，誰呢？……」

「落在花上的血點，和了露水，映着月光，不可思議的寶石似的晃耀。

「奴隸的血很明亮。紅玉似的。

但不知什麼味。

就想嘗一嘗……」

他又從旁一瞥石神祇的臉。

「不妨事，不知道的，只嘗一滴——只一滴……」

他悄悄的要嘗那落在花上的寶石一般發光的奴隸的血去。

這其間，寶石一般發光的血，石，石的神祇，都漸漸的遠離了去，溪水的清涼的小流，不知幾千年的大樹的低語，都漸漸的變成人聲了。消融心神的花香，不知什麼時候變了要招嘔吐的人類的羣集的臭氣了。

老虎睜大了眼睛向各處看，他盤睡着在狹的籠裏面。向這籠的前面看，旁邊看，目之所及都是狹的籠，以及烏黑的攢聚着的痴獸的臉，此外再不見一些別的東西了。老虎失望似的怒吼起來。

「狹的籠和人類的痴獸的臉，也終於是事實……」

看客喧嘩着，大得意的喝采道；「大蟲吼哩，大蟲起來哩。」

老虎跳起身，用全力直撲鐵闌干，但他的足已經沒有破壞鐵闌的力量了。

他又發出可怕的呻吟，重行跳起，而且將自己的頭用力的去撞鐵闌干，浴了血倒在檻裏的地板上。

當初嚇得逃跑了的看客，又擠到虎檻這邊來，高興的笑。

「唉唉，那痴獸的臉，那痴獸的下流的笑聲……」

老虎閉了眼睛。

於是在自己面前，再憶出一回石神祇的形像來。
「石的神祇呵，
將這血獻給你，作爲最後的供獻。
但願只是不看見那痴獸的臉，
但願只是不聽到那痴獸的下流的笑……」
這是對於印度的石神祇的，印度的虎的最後的祈禱。
這其間，癡獸的笑聲漸漸遠離了去，變爲印度夏夜的低語了。
人類的羣集的臭氣，漸漸的變了印度原始森林的香。然而虎，已經不因爲看那自己所愛的美的空地，石的神祇，不知幾千年的大樹，寶石一般不可思議的發光的奴隸的血，再睜開眼睛來。要睜開眼睛，在他已經沒有這勇氣了。

（魯迅譯）

魚的悲哀

一

那一冬很寒冷，住在池裏面的魚兒們，不知道有怎樣的窘呢。當初不過一點結得薄薄的冰，一天一天的厚起來。逐漸的迫近了魚們的世界。於是鯉魚，鯽魚，泥鰌等類的魚兒們，都聚在一處，因爲要想一個防冰的方法，開始了各樣的商量，然而冰的迫壓是從上面下來的，所以毫沒有什麼法。到歸結，那些魚們的商議，除了抱着一個「什麼時候會到春天」的希望，大家走散之外，再沒有別的方法了。所有的魚兒們，便都悄悄的回到家裏去。

那池裏面，住着鯽魚的夫妻，而且兩者之間，已有了一個叫作鯽兒的孩子。鯽兒在這夜裏一刻也不能睡，只是「冷呵冷呵」的哭喊着。然而在池底下，是既沒有火盆，也沒有炬燵；既不能蓋上五條六條煖和的棉被去睡覺，也不能穿起兩件三件的棉衣服來的。鯽兒的母親毫沒有法子想，窘急得不堪，只好慰安鯽兒道，「不要哭罷，不要哭罷，因爲春天就要到了。」

「然而母親，春天什麼時候纔到呢？」鯽兒抬起淚眼。看着母親說。

「已經快了。」母親便溫和的回答他。

「這怎麼知道的呢？」鯽兒說，看着母親的臉，有些高興起來了。

「因爲每年總來的。」母親說。然而鯽兒却顯出憂愁似的顏色。問道：

「然而母親，倘若今年偏不來，又怎麼辦呢？」

「沒有那樣的事，一定來的。」母親撫慰似的說。

「但是，母親，爲什麼一定來？」鯽兒想像不通的問，母親却不再說什麼話，默着了。

『但是，母親，鯉公公曾經說，「倘若春天有一回不到來，大家便都死了。」這是眞的麼？』鯽兒又訊問說。

『這是眞的呵。』

『那麼，母親，「死」是什麼呢。』

『那就是什麼時候總睡着。你的身子不動彈了，怕冷的事要喫的事都沒有了，並且魂靈到那遙遠的國裏去，去過安樂的生活去了。那個國土裏是有着又大又美的池，毫沒有冬天那樣的冷，什麼時候都是春天似的溫和的。』

『母親，眞有這樣的好國土的麼。』鯽兒又復有些疑心似的，仰看着母親的臉問。

『哦！有的。』母親回答說。

『那麼，母親，趕快到那個國土去罷。』鯽兒這樣說；母親便道，『那個國土裏，活着的時候是不能去的呵。」鯽兒又有些想像不通模樣了，問道，「爲什麽活着的時候不能去呢？母親，認不得路麽？」母親說，「是的，我不認得路呢。」「那麽，尋路去罷，快快，趕緊去。」鯽兒即刻着起忙來。

「唉唉，這眞窘人呵，」母親吐一口氣說，「沒有死，便不能到那個國裏去，不是已經說過了麽？」

「那麽，趕快死罷，快快，趕緊，快。」

「說這樣的話，是不行的。」

「便是不行，也死罷。快點，因爲我已經厭惡了這池子了。」鯽兒全不聽父親和母親的話，只是糾纏着嚷。因爲這太熱鬧了，鄰居的鯉公公喫了驚，跑過來了，而且問道，「哥兒怎麽了呢？」母親便詳細的告訴了鯽兒嚷着要死的事。於是鯉公公向鯽兒說，「哥兒，魚到這池子裏來，並不是爲了專照自己的意思鬧。是應該照那體面的國裏的神明爺所說的話生活着，游來游去的。』

『公公，那神明爺怎麼說？』鯽兒問。

『第一，應該馴良，聽從父親母親和有了年紀的的話。其次，是愛那池裏的大哥們和陸上的大哥們，並且拚命的用功，成一條體面的魚。那麼辦去，那個國土裏的神明爺便會來叫哥兒，給住在那好看的大的池子裏面的罷。』老頭子說。

從這時候起，鯽兒便無論怎麼冷，無論怎樣餓，也再不說一句廢話，只是嬉嬉的笑着。等候那春天的來到了。

二

春天到了，鯽兒一樣的誠懇賢慧的小魚，池裏面和鄰近的河裏面都沒有。而且鯉魚哥哥們和泥鰌姊姊們，也是愛什麼都比不上愛鯽兒。鯉魚哥哥們和泥鰌姊姊們雖然都比鯽兒年紀大得多，但因爲鯽兒很賢慧，所以無論什麽時候總是一起到各處去遊玩。因爲是春天了，細小的流水從四面八方的流進池裏來，因此無論是山裏，林裏，樹叢裏，田野裏，隨便那里都去得。鯉魚哥哥們便將鯽兒紹介給山和林裏的高強的先生們。這些先生們中，有一位稱爲兎的有着長耳朵的和尚。這和尚，是一位很偉大的和尚，暗地裏喫肉之類的事，是一向不做的。也有從別墅裏囘來的黃鶯和杜鵑等類的音樂的先生們。還有長着美的透明一般的翅子的先生們，因爲鯽兒好，也都非常之愛他。並且將地上的世間的事，各式各樣的說給鯽兒聽。而鯽兒最愛聽的話，便是講人們。那談話裏說，『名叫人類的哥哥們，是最高強最賢慧的東西。』對於這一事，是大家的意見都一致的。也說，『自然，山上的政治家的狐狸，藝術家的猿嬸母，鸚哥的語學家，鳥的社會學家，天文學家的梟博士，高強固然也高強，但比起人類的哥哥們來，到底趕不上.』

有的又說,『人類的哥哥們雖然比陸上的哥哥們走得蠢,但是不特會借用馬的脊梁,還造出稱爲自動車呀,電車呀,汽車呀,自轉車呀的這些奇妙的東西來,坐在上面走,比別的還快得多呢.游泳的本領,並不很高,飛在空中是絲毫不會的,然而人類的哥哥們却做了很大的火魚,大的翅子的鳥,坐在這上面,在水上自由的游泳,在空中自在的飛翔.人類的哥哥們可眞是不可思議的東西呵.』鯽兒遇到這類的話,便聽得不會倦,幾次三番的重重說,而且愈是聽,便愈是不由的想要見一見所謂人類了.

三

那春天實在很愉快.從早晨起,黃鶯和杜鵑這些音樂的高強的先生們便獨唱,蜜蜂的小姐們和胡蜂的姑娘們是合唱.胡蝶的姐兒們是舞蹈,到晚上，青蛙堂兄的詩人們便開詩社，開演說會，一直熱鬧到深夜。這些集會裏，鯽兒也到場，用了可愛的口吻，去談「那個國土」的事。

『倘若我們大家個個都相愛，快樂的生活起來，便可以到那更好的更美的國土裏去的。那個國土裏，沒有缺少糧食的事，沒有寒冷的事，也沒有不順手的事。魚也能在地上走，能在天空裏飛，鳥也能在透明的水裏面進出，和魚們一起游泳的。』鯽兒常常這樣說。而且不多久，這「那個國土」的事，便成了音樂的作曲的材料，舞蹈的動作，演說和歌詩的資材。於是連那些蒼蠅蚯蚓水蛭之流的靠不住的東西，也都談起「那個國土」的話來了。

到黃昏，遠遠的教堂裏的鐘一發響，魚的哥哥們便浮到水上，蛙的堂兄們便蹲在岸上，胡蝶的姊姊們便坐在花上，都靜靜的傾聽這晚鐘的聲音。

這鐘聲，正是人類的哥哥們，爲了自己的小兄弟們的那，住在樹上的鳥，浮在水裏的魚，宿在花中的蟲而祈禱，祝他們平和快樂的過活呢。於是魚和蛙和黃鶯，也都禱告，願人類的哥哥們也都幸福的過活。這禱告，帶着花朵的美麗的香，和黃昏的金色的光。靜靜的升到「那個國土」的神明那裏去。

那在遠地方的教會裏，有着一位哥兒，那哥兒也如鯽兒一樣。又賢慧又馴良，所有的人們都稱讚。小狗哥哥也極愛這哥兒。每逢來喝池水時候，往往提起哥兒的事。鯽兒久聽了這些話，也漸漸的愛了這哥兒，想要和他見一回面，極親熱的談談心了。

四

或一時，池旁邊很喧鬧。鯽兒不知道甚麽事，出去打聽時，却見蛙的堂兄們軒着眉，聳着肩，興奮之極了，閣閣閣閣的吵架似的說着話。鯽兒試問是什麽事呢，却原來就是剛纔，蝌和尙仍如平日一樣的坐着禪，正在夢中的時候，那教會裏的哥兒便走來，撮住蝌和尙的長耳朶，捉了帶囘家去了。

都愣然，在這裏茫然的相覷，無所適從的慌張，其時又飛到了燕嬸母，來通知一件駭人的事，是就在此刻，哥兒又捉了黃鶯去了。黃鶯因爲想造一個不知什麽歌的譜，剛在熱心的用功，便被捉去了。而且這一夜，恰是十五的夜，蛙的堂兄們以爲時世雖然這樣不安靜，但如並不賞月，却去睡覺，對於月亮頗有失禮的心情，於是依舊登了山，在那里開詩社，這時候，哥兒又跑來，捉了一個最偉大的詩人逃走了。

堂兄的詩人們很驚駭，這晚上所做的詩都忘却了。這一晚，池裏面無論誰，都沒有一合眼，只是談着各種的話，一直到天明。而且一到天明，大家便立刻都出來，開一個大會，商量對於哥兒這樣的胡鬧，應該想一個什麽方法的事。

在這會議上，鯽兒是跟了父母來出席的。鯽兒彷彿覺得世間很黑暗，似乎什麼都莫名其妙了，鯽兒問父親說，『爲什麼，哥兒做出這樣的事來呢？』父親道，『在地上的人類的哥哥們，高強固然高強，但常常要做狡猾的事。而且這世上，是再沒比人類的孩子們更會狠心的胡鬧的了。過幾時，那些孩子們還要拏了鉤和網，到這邊的池上來，種種惡作劇，給我們喫苦哩。』鯽兒憂愁似的，慌忙又問他父親說，『孩子們做了這樣的事，怎麼能到「那個國土」去呢？可有什麼搭救他們的方法麼？』問的話還沒有完，從陸地上，胡蝶姊姊像被大風捲着的一片樹葉似的，慌慌張張的飛來了。那臉已經鐵青，翅子和觸角都嚇得慄慄的發着抖。大家圍上去，問是怎麼了呢？胡蝶姊姊好容易略略定了神，這纔坐在花朵上，說出話來了。那是這樣的事：

這早上，天氣非常好，恰恰閒空的胡蜂們，便忽然來約去看花，到了牧師的庭園裏。春天正深了，這庭園中，紅的白的和通黃的花，無論在庭樹間，在花壇上，都繚亂的開着，花蜜的濃香，彷彿要滲進昆蟲們的喉嚨裏似的流了進來。胡蜂們因爲太高興了，便忘却了怕這現在的世間的憂愁，或歌或舞的玩耍，不料又來了那照例的牧師的哥兒，突然取出小網，將許多同伴捉去了。

這新消息，使這日裏的會議更加喧鬧了。樣樣的議論之後，那結果，是待到黃昏，聽教會鐘鳴，人類的哥哥們開始禱告的時候，就請金色的胡蝶姊姊到教會去，對人類的哥哥們說了分明，請他們勸止了哥兒的胡鬧。

黃昏到了，聚在這裏的動物們，却都放心不下，不能回到自己池中的洞穴裏和巢上去。默默的，定了睛互看着各人的臉。心的裏只是專等那金色的胡蝶姊姊的回來。

不多久，金色的胡蝶姊姊回來了，一看見悄然的那臉，聚在這里的大衆便立刻覺得自己的心，彷彿從荷梗上抽出來的曼陀羅華似的，很不穩定了。而且誰也不說什麼話。

『一切都是誑呵，』沒精打采的坐在花上的胡蝶姊姊說。『我們是無論怎樣，總不能到「那個國土」裏去的。』聽了這話，大家都駭然了，根究說，『爲什麼不能去呢？』卻道，『我們沒有靈魂。靈魂是單給了住在地上的人類的哥哥們，單是有着這靈魂的人類的哥哥們，纔能到「那個國土」裏去呢。』聽了這話，大家都駭然了。個個一齊回問說，『這沒有錯麼？』或說，『這不是有些弄錯着麼？』胡蝶姊姊答道，『不，一點都沒有錯的。因爲在「那個國土」的神明的書上，明明白白寫着呢。』大家接着的質問是，『那麼，我們究竟到那裏去呢？』胡蝶姊姊道，『說是我們的被創造，是專爲了娛樂人類，給人類做食料的。』這樣說着，用了悲哀的大的眼睛，憐憫似的愛惜似的對着大家看，但因爲早晨以來的疲勞和心坎上所受的傷，也便倒了下去，成了可慘的收場了。大家對於單爲給人類的哥哥們做食物而被創造的自己的運命，都很悲哀。魯莽的鯉魚哥哥們已經很興奮，叫道，「胡鬧，沒有這樣的話。」彷彿那將自己造出這樣運命的對手的神明，就在這里似的，怒吼着直跳起來。而溫順的泥鰌姊姊們，却昏厥了，許多匹躺在池的裏。

爲大家盡了力，死掉了的金色胡蝶的葬禮，在所有動物的熱淚中，舉行得很鄭重。胡蜂哥哥們奏演葬禮的音樂。黃鶯姊姊們唱着「傷心呵我的朋友」的哀歌，田鼠叔父掘墳洞。

這晚上，大家都很凄涼。而且歎着氣，早就絮叨的說，『作爲人類的東西而活着，可是不堪的事呵。』一面各自囘去了。

五

在這一夜，回到池裏以後，鯉魚和泥鰌和蛙的堂兄弟們是怎樣的只是哭，只是哭到天明呵。而且朝日也就起來了，然而出來迎接太陽的，却一個也沒有。

鯽兒的悲哀也一樣。懷着對於這世間毫無希望的心情，正在不見魚影子的水際徘徊的時候，哥兒將小小的網伸下水裏來了。『這是來捉我們的呵，』鯽兒一經這樣想，便因了憤怒，全身彷彿着了火，索索的顫抖得生起波瀾來。『請罷，捉了我去，沒有捉去別個之前，先捉了我去。看見別個捉去被殺的事，在我，是比自己被殺更苦惱哩。』一面說，也就走進網裏去。哥兒很高興，趕緊捉住鯽兒，放在自己的桌上了。這屋的牆壁上，掛着黃鶯先生的皮和兎和尚的皮，桌子上還散着他們的骨殖。玻璃匣裏，是用留針穿通了心臟，排列着先前多少親密的好幾個胡蝶姊姊們。桌上的解剖臺中，前晚恰在賞月時候所捉去的蛙的大詩人，現在正被解剖了，摘出的心，還是一跳一跳的顯出那「死」的惋惜。

見了這樣的東西，鯽兒是心胸都梗塞了。要想說，然而一開一合的動着嘴，說不出什麼來，只用了尾巴劈劈拍拍的敲桌面。

過了一會，哥兒也便解剖了他，但看見鯽兒的心臟，是早已破裂的了。為什麼，這小鯽魚的心臟破裂着呢？却沒有一個能將這不可思議的事，解說給哥兒的人。能將這因為悲哀，鯽魚的心所以破裂的事，給哥兒說明的，是一個也沒有。

這哥兒，後來成為有名的解剖學者了。但是，那池，却逐漸的狹小的起來，蛙和魚的數也減少了，花和草也都凋落了，而且到了黃昏，卽使聽到了遠處的教會的鐘聲，也早沒有誰出來傾聽了。

我著者，從那時起，也就不到教會去了。對於將一切物，作為人類的食物和玩物而創造的神明；我是不願意禱告，也不願意相信的。

（魯迅譯）

池邊

黃昏一到，寺鐘悲哀的發響了，和尚們冷清清的唪着經，從廚房裏，沙彌拿着剩飯到池塘這邊來。許多鯉魚和赤鯉魚，喫些飯粒，浮在傍晚的幽靜的水面上，聽着和尚所唸的經文，太陽如紫色的船，沈到遠處的金色的海裏去。寒蟬一見這，便凄涼的哭起來了。

有今朝纔生的金色和銀色的兩隻胡蝶。這兩隻胡蝶，看見太陽沈下海底去，即刻嚷了起來。

「我們沒有太陽，是活不成的。這究竟是怎麼一回事呢？」

「呵，已經冷起來了。沒有怎麼使那太陽不要沈下去的法子麼？」

這近旁的草叢中，住着一匹有了年紀的蟋蟀。蟋蟀聽得這年青的胡蝶的話，禁不住失笑了。

「眞會有說些無聊的事的呵，一到明天，又有新的太陽出來的。」

「這也許如此罷，但這太陽沈了豈不可惜麼？」金色的胡蝶說。

「不可惜的，因爲每天都這樣。」

「然而每天這樣的太陽沈下海裏去，第一豈非不經濟麼？還是想些什麼法子罷。」

「不要做這些無聊的事罷。這怎麼能行呢，況且明天太陽又出來的。」

但是今朝纔生的年青的胡蝶，不能領會那富於常識與經驗的蟋蟀的心情。

「我無論如何，總不能眼看着太陽沈下去。」金色的胡蝶說。

「大約未必有益罷，總之先飛到那邊去，竭力的做一番看。」於是金色的胡蝶對那銀色的說，「成不成雖然料不定，但總之我們兩個努力一試罷，要使這世界上沒有一分時看不見太陽。你向東去。竭力的使太陽明天早些上來；我飛到西邊，竭力的請今天的太陽再回去。我們兩面，也不見得竟沒有一面成功的。」

有一匹聽到了胡蝶的這些話的蛙。他正走出潮溼的陰地，要到池塘裏尋喫的東西去。

「講着這樣的無聊的話是誰呀？我喫掉他！世界上有一個太陽，已經很够了。熱得受不住。池塘裏早沒有水，還不知道麼？今天的太陽再回來，明天的太陽早些上來，要這世界有兩個太陽，是什麼意思呢！其中也保不定沒有想要三四個太陽的東西。這正是對於池塘國民的陰謀。喫掉！誰呀，講着這樣的話的是？」

蟋蟀從草叢裏露出臉來說：

「並不是我呵。我的意思是以爲什麼太陽之類便沒有一個也很好。

因爲這倒是於池塘國民有益處的。」

然而胡蝶說一聲「再會，」一隻向東，一隻向西的飛去了。

寺鐘悲哀的發了響，太陽如紫色的船，沈到金色的海裏去。寒蟬一見這，便凄涼的哭起來了。

老而且大的松樹根上，兩三匹大蛙在那里大聲的嚷嚷。這松樹上有衙門，貓頭鷹是那時候的官長。

「稟見。稟見。」蛙們放開聲音的喊。「禍事到了。請快點起來罷！」

「豈不是早得很麼。究竟爲的是什麼事呢？」貓頭鷹帶着一副睡不够的臉相，從高的枝條的深處走了出來。

「不是還早麼？」

「那里那里，已經遲了。已經太遲，怕要難於探出踪跡了。」那蛙氣喘吁吁的說。「樹林裏有了造反，有了不得了的造反了。」

「什麼，又是造反？蜜蜂小子們又鬧着同盟罷工了麼？」

「不不，是更其可怕的事。是要教今天夜裏出太陽的造反。」

「什麼。怎麼說？」貓頭鷹這纔嚇人的睜開了他的圓眼睛。「這是與衙門的存在有直接關係的問題了。這就是想要根本的推翻衙門。這就是想要蒙了一切官長的眼。這亂黨是誰呢？」

「噎，亂黨是那胡蝶。一個向西去尋太陽，一個向東去尋太陽早些上來。」

於是貓頭鷹大喫一驚了。

「來！」他拍着翅子叫蝙蝠，「來，蝙蝠快來！鬧出大亂子來了。趕快來！」

蝙蝠帶一副渴睡的臉，打着呵欠，走出松樹黑暗的深處來。

「有什麼吩咐呢？大人！」

「現在說是有一隻向東，一隻向西飛去了的胡蝶，趕緊捉了來。」

「唷，遵命。但是，大人，怎能知道是這胡蝶呢？」

「一隻金色，一隻銀色的。」

「而且是四扇翅子的。」蛙們早就插嘴說。

「你們，不是早有研究，只要一看見無論是臉，是翅子，是脚，便立刻知道是否亂黨的麼？」貓頭鷹因爲蝙蝠的質問，很有些生氣了。「還拖延些什麼呢，趕緊去，要遲了！」他怒吼的說。

兩匹蝙蝠當出發之前，因爲要略略商量，便進到樹林裏。

「不快去是不行的。我們要辨不出胡蝶的踪跡的。」

「你以爲現在去便辨得出來麼？哼。」

「但是造反的亂黨豈不是須得捉住麼？」

「阿呀，你也是新脚色呵。一到明天，胡蝶不是出來的很多麼？便在這些裏面隨便捉兩隻，那不就好麼？用不着遠遠的到遠地方去。」

「只是捉了別的胡蝶，也許說道我們不知情罷。」

「唉唉，你眞怪了。便是捉了有罪的那個，也總是決不說自己有罪的。這是一定的事，倘若這麼辦去，卽使小題大做的壞，這壞也就是損失了。走呀，山裏去罷。」

明天，小學校的學生們被教師領到海邊來了。在沙灘上，看見被海波打上來的一隻金色胡蝶的死屍。學生們問教師道：

「胡蝶死在這里。淹死的罷？」

「是罷。所以我對你們也常常說，不要到太深的地方去。」先生說。

「但是我們要學游水呢。」孩子們都說。

「倘要游水，在淺處游泳就是了。用不着到深地方去。游水不過是一樣玩意兒。在這樣文明的世界上，無論到那里去，河上面都有橋，卽使沒有橋，也有船的。」教師擎起手來說，似乎要打斷孩子們的話。

這時那寺裏的沙彌走過了。

「船若翻了，又怎麼好呢。」沙彌向教師這樣問。然而教師不對答他的話。（這教師受了校長的褒獎，成爲模範教師了。）

中學校的學生們也走過這岸邊。中學的教師看見了這胡蝶的死屍。

「這胡蝶大約是不耐煩住在這島上，想飛到對面的陸地去的。現在便是這樣的一個死法。所以人們中無論何人，高興他自己的地位，滿足於他自己的所有，是第一要緊的事。」

然而那寺的沙彌，不能滿意於這教訓了。

「倘是沒有地位，也毫無所有的，又應該滿足於什麼呢？」沙彌這樣問。站在近旁的學生們，都嘻嘻的失了笑。但教師裝作並不聽到似的，重複說：

「只要能够如此，便可以得到自己的幸福與國家的幸福。使人們滿足於他自己的地位，這是教育的目的。」（這教師不久陞了中學校長了。）

同日的早上，大學生們也經過這地方。教授的博士說：

「所謂本能這件東西，不能說是沒有錯。看這胡蝶罷。他一生中，除卻一些小溝呀小流呀之外，沒有見過別的。於是見了這樣的大海，也以爲不過一點小溝，想飛到對面去了。這結果，就在諸君的眼前。人生最要緊的是經驗。現在的青年們跑出了學校，用自己的狹小的經驗去弄政治運動和社會運動，正與這個很有相像的地方。」

「但青年如果什麼也不做，又怎麼能有經驗呢？」沙彌又開了一回口。然而博士單是冷笑着說道：

「雖說自由是人類的本能，而不能說本能便沒有錯。」（聽說這博士不遠就要受學士院賞的表彰了，恭喜，恭喜。）

（沙彌在這夜裏，成了衙門的憎厭人物了。）

但是兩隻胡蝶，其實只因爲不忍目覩世界的黑暗，想救世界，想恢復太陽罷了，這却沒一個知道的人。

（魯迅譯）

鵰的心

鵰這樣體面的自由的鳥，是再也沒有的了。鵰這樣強的勇的鳥，是再也沒有的了。而且，在動物裏面，像鵰這樣喜歡那高的冷靜的山的，是再也沒有的了。鵰是被稱爲鳥類之王的。在人類裏，雖然沒有叫自己的王或豪傑們顯出力量和勇氣來看的人，但在鵰隊夥中，却即使翅子和嘴子生得大，也不能說是豪傑。這是鵰的古來的習慣。

無論怎樣的鵰，都說不定能做王或豪傑，所以大家互相尊敬着。像人類的王或豪傑似的，借了自己的下屬的力量和智慧，來爭權利，以及爲了一點無聊事，吵鬧起來的事，是沒有的。大家各各努了力，使自己的翅子和嘴愈加強，爪和眼睛愈加銳，至於這個嚇那個，或者講些客套的事，在鵰世界裏，是一直從古以來所沒有的。

就這一節而論，鵰和人是一直從古以來便不同的了。欺侮弱者，壓迫弱者，取了弱者的力氣和智慧，隨便給自己用，這似乎是一直從古以來的人類的習慣。因爲強者總是私有了弱者們的力氣，所以不能眞自由，而弱者也就非常之不幸了。

人類是怎樣的倒運的動物呵。而人類却還說自己是萬物之靈。這不是刻毒的笑話麽。

却說山的國，被那比隣的大國度佔去了，不拘什麽時候，這兩國總就是爭鬭。這國的最高的山上面，很幸福的生活着許多鵰。這些鵰，從古以來，幾千年幾萬年的接連了燃燒着一種的希望。都便是要飛到永久温暖永久光明的太陽上去。他們相信，只要每日努力的向上飛，積練上幾千年幾萬年，則鵬的子孫們，大概一定可以到得那太陽。這事一連的積上了許多代，所以翅子的力量比祖宗強，也確然是事實了。

愛太陽，
上太陽！
不要往下走，
不要向下看！
慕太陽是鵬的力的源頭，
上太陽是鵬的心的幸福。
不要往下飛，
不要向下看！

下面是暗的狹的籠，
下面是奴隸的死所。
不要往下飛，
不要向下看！
下面是弱者的世界，
下面是無聊的人類的世界。
不要往下飛，
不要向下看。

這是鵰的母親們一直從古以來教訓那鵰的孩子們的歌。受着壓迫的山的國民們，聽了這歌，不知道怎樣的心情呢。鵰王的心是在最高的山的最冷靜的岩石上。王和王妃之間，有了兩個可愛的王子。每早晨，王帶了大王子，王妃帶了小王子，都到岩石的盡邊，便在這里將王子們直踢下去，他們剛近下面時，却又抓囘岩上來了。這是每早晨的功課。到後來，王子們便能容容易易的飛到岩上來，飛到下邊去了。王和妃見了很歡喜，於是將王子們高高的抱上空中，試使他們跌落下去看。最初，王子們也完全發了昏，但練而又練，翅子漸漸的強了，從很高的空中，早能够容易的囘到自己的窠裏了。有一天，王對王妃說，今天要教孩子們落到那深谷的裏看了，於是便將王子們帶到很高的天空，給掉向那深的谷底去。這兩個王子們，本也儘着所有的力來飛，然而纔到中途，翅子已經乏了力，小王子叫道，『哥哥，我早沒有力氣了。』大王子便聚起殘餘的力量來，要救他兄弟。王和妃遠遠地眺望着，鼓着翅子只喝采。正在這時候，兩地之間流過了不知那里來的雲，便再看不見王子們了。王和妃都吃驚，比箭還快的穿出雲間，飛下谷裏去，却已經太晚了。大王子幫着小兄弟，自己也乏了力氣厥了，石子一般的徑向谷裏掉。王和妃剛要抓起氣絕的王子們的時候，忽然現出一個強有力的獵人來，帶着兩個兒子，要捉王和妃。王和妃也暫時護着王子們，很奮鬥，但獵人既然過於強，又以爲王子們已經斷了氣，便捨了王子們，飛上天空去了。然而王子們其實沒有死，待到帶回獵人的家裏，便已回過呼吸來。獵人剪了他們的翅子的翎，分給他兩個兒子了。那時獵人的大兒子是七歲，其次是六歲，都很愛鵰王子，無論到那里，總攜着一同去，但獵人叮囑說，只有山上萬萬去不得的。這山國的人們，聽得谷裏落下兩個小鵰來，以爲一定是什麼好兆頭，個個很歡喜。他們的心裏，暗暗地希望着，想不遠便到來兩個鵰，救了這國度。於是囑託獵人，教他好好的看待鵰的王子們，然而不到七天，異事出現了。這時失去了獵人的小兒子。據他的朋友說，從天空裏，閃電似的飛下一匹很大的鵰來，抓了獵人的兒子去了。大家聽了很駭異。然而兩三日之後，更其奇異的事又出現了。這是又失去了獵人的大兒子。

對於這事，山國的人們也有許多的議論，只有獵人却默默的不開口，他像先前一樣，用心的養育着鵰的王子們。王子們當初很凄涼，常常有不自由無寧死的模樣。然而大王子愛撫小兄弟，小王子慰藉他大哥。他們被村中的孩子們所珍愛，漸漸的習慣了人間，愛好了人類了，只有被長鏈子繫在木樁上這一節，總還是很難忍。

二

五年經過了。鵰的王子們早長大，翅子也強壯了。正當五年以前王子們落在谷裏這一日，獵人開了鎖，帶他們上了高山，而且放了他們，於是默默的回家來。

一聽到放掉了兩個鵰，山國的人們便都嚷起來了。人們還在嚷的時候，先前不見了的獵人的兒子，都從山裏回來了。

兩個完全改了樣，當初一見，誰也不知道是獵人的孩子們。他們都裸體，頭髮很長，身體是石一般堅，手脚有鐵一般固，眼光銳利，鼻子是鵰鼻似的彎曲了，牙齒是狠似的大了，指爪是虎似的尖，長了。山國的人們見了他們，都很吃驚，而且與致勃勃的連日去聽他們的話。說是他們被鵰王攫去之後，便養在鵰窠裏，始終受着王和王妃的珍重。每天，王和妃背了他們，飛上空中，將他們摔在雲裏，又幫他們下來，此外還有各樣奇怪的事，孩子們雖然這樣說，但聽的人却不知道是眞實還是說誑。只是飛騰，上山，浮水這些事，山國的人們裏却是沒一個比得上他們，也沒有一個有他們這樣的要自由的生活。這孩子們深知道用什麼方法，可以燃燒山國的人們的心；而且用人類的語言，不够表明「自由」的意義的時候，他們便鵰一般的

他們這纔教給山國的人們以鵰的歌:

「愛太陽,

上太陽!

不要往下走,

不要向下看……」

「他們實在是不可思議的孩子們,山國的人們稱他們為鵰的心。」見了這孩子們,受着壓迫的山國的人們的心,不知道湧着怎樣的希望呢。

三

那一面,鵰王和王妃看見兩個王子平安的回了家,自然很歡喜,但一檢查他們的翅子和嘴,眼睛,指爪,便知道這些是全不中用了,鵰王們看出了翅子和嘴上沒有力,眼睛和指爪都鈍了,眞不知怎樣的痛心哩。況且王子們的勇氣以及愛自由的事，從王和妃看來，不知怎麼的也總覺得有些不可靠。

每天，鵰王和妃便來劇烈的鍛鍊王子們。每天，王妃唱着『愛太陽，上太陽！不要往下走，不要向下看！』的歌，竭力的想奮起兩個王子的已經疲弱的心來，使將來可以成就勇敢的王。十年之間，每天每天的接連着，想從王子們的心裏，除去那些人類的心；於是王子們終於比鵰王和妃飛得更高，爪和眼也比他們更銳利了，獨有那心，卻總在什麼地方有些不像鵰的心，似乎帶着近似人心的脆弱。王子們便是飛向太陽的時候，總彷彿眼睛看着下方；便是翺翔於無限的太空的時候，那心也似乎留戀着山谷；而且比別的鵰飛得更高的時候，也不從胸中發出自喜得勝的叫喊。卻只聽得一種悲哀的寞寂的惓惓於下面的谷裏的生活的聲音。有時候，王子們竟兩三天不去求餌，什麼也不吃的餓着；或者捉住餌食，卻又將他放走了，鵰王們對於王子們的這模樣，或耳聞，或目覩，那心裏正不知怎樣的悲哀呵。王子們的朋友們，都說他們的壞話，稱他們爲『人心』。一面則王和妃常常很惱怒這王子們，說他們是家門的恥辱。有一天，大王子飛翔空中之後，囘到家裏，坐在父親的面前，凄涼的看着他的臉，說道：

『父親，一直從古以來的上太陽這一個鵬的理想實在是獃氣罷了。向着太陽只是飛，是無謂的事。卽使眞能够上了太陽，鵬也未必因此便幸福。父親，我今天曾經要上太陽去，盡力的飛到高處去了，然而愈上去便愈冷，愈高便愈眼花，終於頭眩，我便近乎昏厥的落了地。愈近太陽就愈冷的事，我以爲很確鑿的。所以上太陽這事，我要停止了。』

王子這樣說，鵰王叫一聲『人心』之後，便用爪攫破了他的喉。王子只發出一種愛慕下面的凄涼悲哀的生活似的叫聲，全不抵抗，死在王的爪下了。這晚上，小王子也從外面囘來了，坐在王妃的面前說：

『母親，向着太陽飛，我已經不願意了。這事是全沒有什麼用處的。我決計到下面的谷裏去，在樹上造起窠來，就在那里和人類以及別的動物和睦的過活。說鵰的幸福就散滿在太陽上，是不能相信的事。然而人類的友情中，便有着幸福，卻是我已經經驗了的。』

這樣一說，王妃便叫道「卑下的人心，」撲向王子用爪抓破了他的喉。王子只發出一種留戀山谷，企慕人類的友情似的聲音，毫不回手，死在王妃的爪下了。這一夜，鵰王們便將死掉的王子們帶到下面的山谷裏去，放在先前養育了王子們的獵人的門前。從此以後，王子們所唱的

『愛太陽，

上太陽！

不要往下走。

不要向下看。……』

的那歌，便彷彿有些警誡『人心』似的了。

到早晨，山國的人們一看見兩匹死鵰，又發生了一頓嚷。這時候，山國的人們正被那稱爲『鵰的心』的兩個兄弟帶領着，對於鄰國起了大革命。兩員大將『鵰的心，』極有機謀，鄰國的人們毫沒有對付的方法，正要敗下去了。但現在一發見這兩匹被殺的鵰，雖然嘴裏都不說，而各人的心中，却疑心這兩匹鵰便是這回的革命終於失敗的前兆。山國的女兒們用美麗的花朶，裝飾了死鵰，唱着勇敢的『鵰的心』弟兄所教的

『愛太陽，

上太陽！

不要往下走，

不要向下看！……』

的歌，將他們埋葬了，作爲國裏的英雄。

四

鄰國的首都很熱鬧，很繁華。家家飾着燈火和旗，祝砲的響聲，花火的炸聲，鼓動歡心的音樂，遠遠地飄來，市人穿了好衣服，搖着提燈和旗，來來往往的走。首都的一切街，眞像是美麗的串子了。一切人，都顯得高興。只有立在最大的一條街的大空地上的斷頭台見得凄涼。人們都湊到空地裏來，唱着國歌，似乎等着什麼事。在這晚上，在這台上，稱爲『鵰的心』的兩弟兄，要處死刑了，人們都談着山國的話。於是從遠地裏，發出『反賊到了反賊到了』的低語來，大家立刻都沈寂，現出了兵卒環繞着的兩弟兄。人們都沈默，大街就像墳墓一般靜。只剩了『篷篷，篷篷』的鼓聲。稱爲『鵰的心』的兩兄弟微笑着。那眼珠裏，彷彿耀着無邊的勇，而且滿着使一切人心全都炎燒起來的力。他們含笑上了斷頭台，『篷篷篷篷』的鼓聲便停止了，人們嚥着唾沫，看定稱爲『鵬的心』的弟兄們。兩弟兄全沒有改了先前這模樣，抬眼看着空中。這時候，靜的空氣微微的發抖，聽到勇敢的鵬聲了。剛覺得空中發出應聲，從天空裏，驀然間閃電似的飛下兩匹很大的鵬——市人們從來沒有見過的這麼大的鵬——來，抓了『鵬的心』兩弟兄，剛一抓，便又驀然間飛上天空去了。人們一見這，都變了殭石似的不動彈。全市街彷彿成了一個墳墓。人們的頭上，只聽得傳來了這樣的歌：

『下面是狹的籠，
下面是奴隸的死所。
不要往下飛，
不要向下看！
下面是弱者的世界，

下面是無聊的人類的世界。……』

五

在鄰國正在大排勝利的賀筵的時候，革命失敗了的山國裏却很靜。失了丈夫，拋了兒子的女人們的心，這夜裏不知道怎樣的凄涼呢。都說，今天的夜，正是稱爲「鵰的心」的山國的英雄臨刑的夜，女人們都帶着小孩子，聚到稱爲『鵰的心』的弟兄的門前來，那些女人的心的凄涼，誰能够知道呢？但是，雖然凄涼，女人們還將剩下的幼小的孩子們，動到無限的空中，將長大的孩子們給他們看，而且因爲要救這山的國，祈禱在這些剩下的孩子們裏，也給與那「鵰的心。」一切都寂靜，星星沈靜的晃耀，而且在夜的寂靜中，作爲祈禱的答話，不知從那里聽到了這樣的歌：

『不要往下走，
不要向下看！
慕太陽是鵬的力的源頭，
上太陽是鵬的心的幸福。……』

讀了這說話的諸君也請祈禱祈禱，使能給以救這世界人類的『鵬的心』罷。

（魯迅譯）

春夜的夢

一

很遠的很遠的，從這里看不見的山奧裏，有一個大的美麗的鏡一般通明的池塘。這四近，是極其幽靜而且凄清，愛在便利地方過活的輕薄的人們，毫不來露一點臉。只有親愛自然的畫家和失了戀而離開都會的蒼白的青年，有時到這里來，從那眼淚似的發閃的花，接吻似的甘甜的小鳥的歌曲裏，接受了不可見的神明的手所給與的慰藉，歡悅他們的心。但在近時，畫家以爲這山的自然，不如自己的畫室美，這美麗的通明的池，還不如做畫範的姑娘的可愛了，所以便捲起畫布來，回到東邊的都市去；還有失了戀的蒼白臉色的青年，也因爲想用了猛烈的市街的燈火和香氣極强的酒的沈醉，來忘却他靈魂底裏的悲哀，便囘到西邊的港裏去，因此這池邊便看不見一些人影子了。

然而一到春天，却因爲鳥獸和昆蟲，這池塘很熱鬧。

有一年的春天，這池塘曾經有過格外好看的事。黄的睡蓮，紅的白的蓮花，在平靜的水面上，彷彿是展開了不動的夢似的，開得極美的浮着。蓮花的妖女也因爲再沒有捉拏伊嘲笑伊的人類在這里了，便放心的出現，在透明的水裏和金魚游嬉，在花朶上和胡蝶休息，給尋蜜的蜜蜂去幫忙。便時深夜中，妖精也在無所不照的月光底下，或者舞着歡喜的舞蹈，或者和火螢競走着游戲。這樣的美的東西們都在一處，所以火螢，蛙，胡蝶，禽鳥，都給這美所陶醉了，而做着春夜的夢。金魚的游戲，鳥的歌，胡蝶的舞，凡有一切，都因此美起來了。

二

有一晚上，温和的晚上，一個有着金剛石一般發光的翅子的美的火螢，慢慢的在池旁邊飛舞。因爲月光照着的池，太富於詩趣了，火螢便不知不覺的到了這池的中央。在這里，對着映在池中的美的月影，只是不倦的看。到後來，他覺到自己的翅子已經疲乏了。

「快囘到花的臥室去罷。」火螢這樣說，想飛向岸這一面去。然而略略一飛，他便知道了自己已沒有到岸的氣力。

「唉唉，傷心！這樣的詩的晚上，這樣的又靜又美的地方，而我非死不可麼？」他說着，再一看自己的周圍。他的上面，罩着一片裝飾着輝煌的月和閃爍的星的深遠無限的太空，他的下面，在幽靜透明的池塘裏，也展開着一片深遠無限的太空，飾着閃爍的星和輝煌的月。上上下下，除了深遠無限的太空之外，這之外，再看不見一些別樣的東西。

「美麗的星，深遠無限的天空，美的月，美的世界！告別了！」螢這樣說，收了翅子，要落到水裏去。

這時候，忽然從深的池塘裏，現出一匹小小的金魚來。這在火螢，彷彿是從無限的太空的深處，飛來一個身穿金氅的天使了。

「螢君，怎樣了？」金魚柔和的問說。

「我疲乏了！我已經沒有飛到岸上的力量。所以只好離開了這美的世界。沒有力，彷彿便沒有活在這世界上的權利似的。」火螢喫了一驚，這樣答。

「不不，沒有這等事！」金魚的和婉的聲音，在平靜的水面上造成波紋，擴大開去了。「說翅子的筋肉上沒有力就應該死，是再沒有比這更其胡塗的話了。感情的優麗，物的美，便都是世界的力。在許多優麗的和美的裏面，說筋肉的力算最小，也無所不可的。趕緊到我的脊梁上來罷。你一面歇歇力，我就送你到岸邊去。」

因爲金魚說得這樣的懇切，火螢紅了臉，說道：

「那就勞駕了。」他便坐在金魚的脊梁上。

金魚徑向岸這一面泳過去。在途中的時候，金魚忍着劇烈的羞愧，用了微細的聲音說：

「我每晚上看着你飛，並且想，怎樣的能够和你做朋友纔好。像你這樣美的，池裏面並沒有。」於是置身無所似的，暗地裏漏出歎息來。

「我也常常看你在水裏面游泳。」螢這樣說。「而且一看見，我的心裏便總覺得寂寞起來了。像你這樣優麗的姑娘，在飛行空中的一夥裏是沒有……」說到這裏，螢的聲音便中止了。

這晚上，螢和金魚的話只是這一點。但從這時候起，金魚和火螢便每晚上都會見了。每晚上，他們一同在池塘裏往來，一同在水邊的蘆葦裏休息，金魚對螢講些池中的事，螢對金魚講些山上的事。而且兩個都做着春夜的夢。

有一晚，蓮花的妖女和山的精靈將蓮葉當了船，在這上面遊戲。這時候，金魚和火螢正散步，恰巧走過了這地方。蓮花的妖女看見了，伊道：

「像那火螢的翅子這樣美的，世界上可是沒有呵。」

「優麗如那金魚的鱗的，在那里都沒有見過。」然而山的精靈說。

妖女又道，「倘使你也如那火螢一般，有着美的翅子，你不知要顯得怎樣的美哩。」

精靈也道，「倘將那美的魚鱗做了冠，戴在你的頭上，那便無論在池裏或山裏，未必再有像你這樣美的妖女了。」

「我便在夢中，也只看見美的事。」

「我也是無論睡着或醒着，都只想着美的事。」

這晚上，他們的話只是這一點。

有一晚，從池的左近的別墅裏，走出一個十二三歲的公爵的小姐來。左手拿一個華麗的綠絹做的小小的螢籠，右手裏是捕螢的兜網，走到池塘的近旁。

從小路上，走出一個十三四歲的百姓的男孩子來了。左手拿一個小小的金魚鉢，右手是釣魚的竿子，到池這面來。小姐一看見他，略略行一個禮，說：

「我是這里的公爵的女兒。」

「我是公府對門的百姓的兒子。」男孩子這樣答。

「我坐在家裏的廊下的時候，男孩子便常常來走過我們的庭園。」

小姐這樣說。

「我坐在家裏的廊下的時候，女孩子便總在庭園裏散步。」男孩子這樣說。

「我最討厭男孩子。」

「便是我，也並不喜歡女孩兒。」

「男孩子總是用些下等的話，做些粗鹵的事，毫不知道規矩和禮儀。」

「女孩兒總是裝着瞌睡似的臉，而且用了吞吞吐吐的句子，說些夢話一般的話，全不知道說的是甚麼東西。」

「男孩子總想着打架和吵鬧。這我頂犯厭。」

「女孩兒總是想着衣服和首飾和香粉的事。所以我更嫌憎。比什麼都嫌憎。」

公爵的小姐和百姓的兒子，在平靜的池邊的綠樹陰下，爭鬧的沒有完。聚在這里的胡蝶蜜蜂和小禽鳥，全喫了驚，彷彿說是人類的孩子們何以這樣爭鬧似的，從枝上和樹葉間，詫異的只對着兩人看。

「男孩子總是衣服稀破，說到臉便漆黑，手脚也髒，而且有着異樣的氣味，好看的地方是一點也沒有的。」小姐又開始說。

「便是女孩兒，也少穿衣服，臉是蒼白的，手脚又細弱，全像一個死屍。」男孩子也回報說。

「我想，與其看男孩子，遠不如看那美的火螢兒好。」

「我呢，與其看死屍似的女孩兒，倒不如看那美麗的金魚好得多。」

「我一見男孩子，總想踢他幾脚。」

「我呢，倘看見女孩兒，就想給伊幾拳，按捺不得。」

兩人的話在這里間斷了。近旁的樹上，寒蟬像是驀然記得了似的，大聲的叫起來了。

「我想將這火螢籠，放到南簷下，那園牆的低矮的地方去。」停了片時，小姐說。「再見！再見！」

「再見！」男孩子回答說。「我想將這金魚鉢，放在北簷下的，那沒有牆的地方去。」

「實在是失禮了。」

「那里話，只是我失了禮。」

兩人這樣說着，行了禮，女孩兒向右，男孩子向左，分道走散了。

這晚上，伊和他的話，只是這一點。

三

從那一晚起，有着最美的金剛石一般發光的翅子的螢，便關在籠中，掛在公爵的別墅的南簷下（園牆低的廊沿下。）而且他所愛的最美的金魚，也裝在金魚鉢子裏，放在對面的百姓家的北簷下（那沒有牆的廊沿下）了。螢和金魚的悲哀，恐怕是無論用筆或用話，都未必達得出來的。

然而，那山的精靈，聽了他們的話，却非常忙碌了。夜一深，百姓家裏寂靜了的時候，他便暗暗的跑到廊下來。

「金魚君，眞是出了不可收拾的事了。」山精這樣悽然的低聲說，「況且你也未必知道罷，你的親愛的螢，關在籠子裏，掛在對門的宅子裏面了。」

金魚爲了極深的悲哀，單是用頭撞着鉢的口。精靈重復說：

「假如給螢得了自由，你怎樣報答我呢？」

金魚回覆說，「我這里，除了生命——悲慘的生命之外，再沒有別的東西了。倘使爲火螢得自由計，這生命也有一點什麼用，便無論何時都可以心悅誠服的奉獻的。」

「生命這些是不要的！」山精慌忙打斷了金魚的話。「但將你那美麗的鱗給了我罷。倘這樣，我便爲螢的自由盡力去。」

「趕快拿去！」金魚浮上水面來了。「倘若這鱗，和我的親愛者的自由有關係，我是連最後的一片也不惜的。趕快，不留一片的取了去。因爲我希望着自己的親愛者，早早的完全的得到原來的自由哩。」

山精全取了美的鱗，說道，「金魚君，切勿灰心。我還要想些救你的方法哩。」於是便向對面的宅裏走。但金魚却失了神，石塊一般沈到鉢底下去了。

百姓的兒子因爲這低微的聲音，忽然張開眼。

「廊沿下，有誰說話似的。」他說着，慌忙起身，走出簷下看。然而這里已經沒有人。只一個小小的誰的影，經過了公爵的別墅的牆根下。向鉢子裏一望，這中間抖着批了鱗片的金魚。

「畜生！可惡！」男孩子憤怒的這樣叫。

這其間，山精到了公爵別墅的南邊的廊下了。

「螢君，眞是出了不可收拾的事了。」他小心着提在手裏的裝着魚鱗的袋，一面說，「你也許已經知道了罷，你的親愛的金魚也在對面的廊沿下，裝在鉢子裏了。」

然而螢因爲非常之痛心，說不出一句話。只用兩脚按住胸膛，將金剛石一般發光的翅子來遮了悽涼的臉。山精重復說：

「假如我使金魚自由了，送回池裏去，你怎樣報答我呢？」

金魚回答說，「我的生命，——這充滿了苦辛的夢的生命之外，我已經什麽都沒有了。爲金魚謀自由，這生命倘也有什麽用，就請卽刻拿去罷。」

「生命這些是不要的。」精靈這樣說。「但是將你那金剛石一般發光的美的翅子，給了我就是。」

「你，」螢的悲哀的眼裏，略有些非難之色了。「你要我的翅子麽？」

臉。

「是的，要你那美的，金剛石一般發光的翅子。」山精沒有去看螢的臉。

「可以。請拿去！」螢的微細的聲音，臨末却是聽不分明了。這瞬間，山精已經開了籠，取去了螢的美麗的翅子。

公爵的小姐正在這時候醒來了。

「的確有誰在廊下呢。」伊說着，慢慢的起來，向廊下望出去，在那里並沒有人，只一個異樣的影子走向園牆對面的百姓家去了。小姐趕緊走出廊下來看，螢籠裏躺着沒有翅子的火螢。

「阿，太難了，將火螢弄成這模樣！」一面說，小姐哭起來了。

這晚上，只是這一點事。

太陽快要下去了。被照着那離別的光，池塘是彷彿爲熱情所燃燒似的晃耀。一切都寂靜。只聽得小鳥的狡獪的饒舌和歸巢太遲了的蜜蜂的羽聲。睡蓮也受了親暱的太陽的接吻，靜靜的合了瓣。

蓮葉上面，坐着取去了金剛石一般發光的翅子的螢。就在近旁歇着金魚，一半的身子出了水。

「我冷！我已經沒有活着的元氣了！」並不對誰，金魚獨自說。

「我凄涼！我的使命是在於飛的。沒有翅子，也不要生命了！」火螢這樣絮叨的說。

「但因爲要救你，全給了自己的鱗，我却毫不以爲可惜的。」

「因爲要你得自由，賣了自己的翅子，在我是最滿足的事。—」

兩個擁抱了，最後的話是這幾句。

太陽下去了。照着這光，池塘像爲熱情所燃燒似的晃耀。而且太陽下去了之後，金魚和螢的性命，也和那最後的光一同下去了。那性命，是溶在光中，上了無限的太空呢，還是溶入花香，成爲輕靄而飛去了呢？這在我可是不知道了。

一切都寂靜。只有小鳥的渴睡似的叫聲，歸巢太遲了的蜜蜂的羽聲，睡蓮也已經睡了覺。

四

月亮慢慢的起來了。因爲迎接這月亮，出來了許多美的螢。山的精靈們都高興，在月光底下開始了跳舞。而在他們裏，最美的是有着金剛石一般的閃閃的翅子的山精。

從蓮花中，笑嘻嘻的走出妖女來了。金魚的鱗所做的，驚人的美的冠，明晃晃的戴在那頭上。妖女恭敬的對月行了禮，靜靜的偏看伊周圍；忽而在蓮葉上，看見了螢和金魚的屍體。

「諸位！趕快來！」伊發了吃驚的聲音說。欣然的跳舞着的妖精們，都停了跳舞，嚷嚷的奔來。伊指着兩個屍體道：

「那是什麼？誰殺了我的寶貝的螢和寶貝的金魚了？」

大家看了這個，那默默的不開口。

「那螢的翅子是誰拿去的呢？那金魚的鱗是誰拿去的呢？」伊彷彿悲痛似的，用手掩了臉。

「昨天的晚上，孩子們捉了他們去了。」有着螢的翅子的精靈說。「螢將那翅子給了我，金魚是給了鱗。我便救出了他們。而且那用鱗造成的冠，是明晃晃的在你的頭上。」

「唉唉，傷心呵！你是怎樣的一個殘酷者呵。我不要那樣的冠。」

「但是，若要金魚的鱗，只能從金魚身上取；要螢的翅子，只能從螢身上取。這是造不出來的。」

「你是殘酷的．你殺了他們了．」妖女這樣說，並且哭起來了．

「我沒有殺他們．那螢和金魚，是並非一沒有翅子和鱗，便非死不可的．我沒有翅子的時候，也活着；你沒有鱗，豈非也並不死掉麼．那兩個是自己死的．」

山精靜靜的剖白，但妖女沒有從臉下除下伊的手來．

「我厭了這世界了．有所要，便不得不從別個那里取．一要鱗，便須從金魚身上取．我有所得，對手便不能不有所損了．唉唉，好傷心的世界呵！」伊這樣說着，進了蓮花裏．

妖精們兩兩的配着，開始了悲哀的舞蹈．只有有着螢的金剛石一般的翅子的山精，獨自一個坐在寂寞的池的石上．

「造這世界的小子，是怎樣的吝嗇的東西呵．螢的翅子和金魚的鱗，都略略多造些，豈不便好！在偌大的世界上，那有這樣儉約的必要呢！」他惘然的絮叨着說。

公爵的小姐左手提着螢籠，右手拿了捕螢的網，靜靜的走到池邊來。從小路上，百姓的兒子左拿金魚鉢，右拿釣竿，也靜靜的走出樹林來了。

小姐謙恭的行過禮，說道：「我最討厭百姓的男孩子。」男孩子也謙恭的行過禮，說道：「便是我，也並不喜歡什麽貴族的姑娘呢。」

「百姓的男孩子不但是衣服破，手脚髒，連心也殘酷。」貴族的小姐說。

「貴族的小姐是只有衣服好看，那心的汚穢，却沒有東西可比了，我想。」百姓的兒子說。

「昨夜裏，取去了我那捉住的大螢的翅子的是，總該是百姓的兒子罷。」

「昨夜裏，將我的捉住的那美的金魚的鱗，統統取去了的，一定的貴族的小姐了。」

「倘知道那取去了我的火螢的翅子的百姓的兒子是誰，我很想給這孩子一頓嘴巴。」

「我倘知道了拿去金魚的鱗的貴族的姑娘是那一個，就很想敲殺了這姑娘。」

然而兩人最後說：

「這回却打算將這螢籠，擱到那有着高牆的南邊的客廳的窗間去。」

「我這回要將金魚鉢放在北邊的有着舊扶闌的屋子的窗下去了。」

「再會！」

「再會！」

「實在失禮了。」

「好說好說，倒是我失了禮。」

他們略略行過禮，一個向右，一個向左，分了道回去了。

公爵的小姐靜靜的在池邊走，看見了坐在大石上的小精靈。

「阿阿，那就是，乳母時常講起的僬僥人兒了。」伊說着，竭力的不出聲的走上石塊去，想捉這精靈。其間脚一滑，伊便和山精都落在池子裏。

「救人！」小姐喫了驚，高聲的叫，山精也很喫嚇，便用了暗號，向池的王送了一個求救的通知。

正同時，那隔岸的百姓的兒子，也看見了坐在蓮花上的妖女了。那妖女，有一頂用很美的魚鱗所做的冠，戴在伊頭上。

「阿阿，那就是，母親喜歡講的池的妖女罷。」他這樣說，偷偷的走近花叢裏，趕快的伸出手去，想拗那花，因爲太急遽了，失却平均，便落在池裏面了，他慌忙叫道：

「救人!」

「快來救!」妖女也發一個通知池的公主的暗號.

不到一分時,池的王便從深處上來了,而且不到一分時,公爵的女兒,精靈,百姓的兒子,妖女,都從王的魔力之杖救了命,而且都站在王的面前了.

「在這樣靜的地方,在這樣靜的夜裏,誰想要胡鬧呢?」池的王推問說.

於是山精稟告道,「胡鬧的是,照例是人類這東西.」

「照例的,胡鬧的是,兩隻脚的汚穢的廢物.」妖女也這樣的一氣說.

「然而,人類如果胡鬧,淹死這些小子們,不就好麼.這方法,你們該是知道得很多的.淹死些什麼人類之類,無論多少,我一點都不管.因爲這是魚和螃蟹,池的國民的最愉快的事.豈不是用不着小題大做的將我請出深處來的麼?」說到這里,王的口氣全都改變,顯然是湧出深的憤怒來了.

「一到春天,你們還做得好事呵.金魚和螢的話,也有些傳到了我的耳朶裏.這等事,也不像你們這樣體面的妖精所做的事.」

池的王似乎一無所知,而却是無所不知的.

「這事情,我想了一晚上.因此,被這可怕東西捉住了.」山精很認錯.

「我也傷心着金魚的死,在花裏面哭了一晚上.」妖女也很後悔.「因此,被這醜陋東西捉住了.因爲我沒有了反抗的力氣,所以求陛下的救的.」

池的王的臉和善了一些,指着公爵的小姐說:

「這個可怕東西,就是想捉精靈的麼?」

「我並不是可怕東西.」小姐幾乎要哭了,說.「我是公爵的女兒.我所愛的是美的物事,昨晚上雖然捉了螢,却有誰取了翅子去了.後來連那螢也不見了。今晚看見了這可愛的娃兒，是想捉了去疼愛他的。然而滑了脚，落在水裏了。對於美的物事，我捉去並不因爲虐待，是因爲疼愛的。」

「還有這醜陋的廢物，是甚麼呢？」池的王向着百姓的兒子說。

「我不是醜陋的廢物，是百姓的兒子呵。我昨天捉了金魚，也並非要虐待，是因爲要疼愛纔捉的。但有誰取了鱗去，而且金魚也不知道那里去了。今夜看見這美的姑娘，也並不是爲要虐待，却因爲要疼愛，纔想帶回家去的。」

百姓的兒子這樣回答的時候，王又較爲和氣了，轉臉對着山精這一面道：

「那就，你爲什麼給螢和金魚喫苦，取了翅子和鱗的呢？」

「我是爲了愛美而活着的。螢的翅子非常美。我想，倘戴上金魚的鱗所做的冠，不知道要見得怎樣美呢，所以想給戴到頭上去。是從這樣想，取了螢的翅子，也取了金魚的鱗的。然而毫沒有想要殺掉他們。」精靈這樣答。

「我也想要金魚的鱗的。」妖女也接着說，「並且想，那螢的翅子，假使精靈有着，不知精靈要顯得怎樣的美了，但是殺掉螢和金魚，以及硬取那翅子和鱗，都是夢裏也沒有想到的事。」

這時候，王纔現出爽朗的美的笑臉來。

「你們，彷彿都愛那美的事物似的。這就夠了。因爲這個，因爲愛美，便被寬恕了許多罪。但從此還應該進一步去。凡有美的東西，無論是什麼東西，倘起了一種要歸於自己，奪自別人的心情，好好的記着罷，這心情便已經不純粹了。這時的愛美的心情，已經是從渾濁的源頭裏湧出來的了。見了美的東西，愛了表現在這里的美，若不湧出爲此盡點什麼的心，爲此獻點什麼的心，則在這愛裏，在這心情裏，便不能說是不至於會有錯。將這一節好好的記着罷，倘愛美，則愈愛，你們便愈強。人比獸強，就因爲愛美。精靈和妖女比起人來，美的感覺更鋒利，所以比人類有勢力。天使的愛美的力，比精靈和妖女尤其大，所以比他們更其強。而且在一切東西上——即在醜的東西上，也感着美，對於一切東西，因爲美，所以愛的，就是神了。」於是池的王對山精和妖女說，「因爲你們的愛美的心情是失敗了，所以便是這孩子們也能捉。」於是對孩子們說，「因爲你們想將美的東西作爲自己的東西，所以連你們的性命也幾乎不見了。愛美的心，是主宰宇宙的力。然而這愛美的心情，却是損害生命的破壞。將這事牢牢記着，此後可萬不要錯誤了。」王說，呼呼的揮着魔力的杖。

五

睡在岸邊的石上的公爵的小姐忽而醒來了。

「我什麼時候睡在這樣的地方的呢？」伊說，看着周圍。

幽靜的透明的池水裏，愉快的游泳着金魚。有着金剛石的翅子的螢，在這上面飛舞。

對面的岸上，百姓的男孩子忽而醒來了。

「奇怪，甚時候睡着的呢？」他一面說，慌忙的起來，環顧那照着月光的池的四近。

樹林的深處，美的精靈們舞蹈於月光中。而且看着這個，蓮花的妖女很美的笑。

兩個孩子們，大家互相發見，互相走近了。

公爵的小姐略略行了禮，並且說，「我想，捉那火螢之類，是可憐的。因爲也許有誰來取翅子去。」

百姓的兒子也略略行了禮，答道，「我也沒有捉金魚的意思。就是怕有誰取去了魚鱗。」

「倒不如每晚到這里來，看看螢的飛翔好。」

「我也還是每晚到這里。在透明的水中，看着金魚的游泳，好得多哩。」

兩人並排的坐在這地方，對那彷彿從春夜的歡喜中，湧溢出來的淚一般的露草的花，摘來投在池裏，擰來撒在水裏。

「百姓的兒子是，衣服破爛，手脚也髒，然而也還有不招厭的地方似的。我想，如果給他穿上新衣服，乾乾淨淨的洗了手脚，也便沒有什麼了。」女孩兒說，

「貴族的小姐雖然見得像一個死屍，然而其間也確有些美的地方的。我想，如果再努力些，走出外面運動起來，顏色和皮膚也便立刻強壯了。」

到這里，接續了片時的沈默。

「我獨自在樹林裏走，是毫不害怕的。」小姐紅暈了兩腮，一面說。

「便是我，也什麽山裏都能去。」這樣回答時候的百姓的兒子的心跳，我是很知道的。

「一個人在山上走，怕是不怕的。但我想，一個人比兩個人却冷靜。」

「我也想，兩個人總比一個人熱鬧得多了。」

「兩個人散步的時候，我最不願意踢石頭，頓脚，使屐子閣閣的響。」

「便是我，倘若兩個人散步，也最喜歡穿了草鞵，靜靜的走的。我要從那條大路回家去了。」

「我最愛那條路上的右手的大石頭和奇妙的峭壁，我也想走那一條路回家去。」

「那條路上的左手的大松樹和大楠木的枝條的樣子，我是最愛看的。」

宇宙所流的淚一般的露草，在這里已經沒有了。兩個孩子終於站起身，並且說：

「即使你和我一同來，我也不要緊。雖然乳母也許說些什麼話。」

「便是我，即使跟着你走，也不要緊的。雖然朋友也許笑。」

於是兩個人都走進樹林裏去了。

那兩個孩子的眼睛，先前雖然張開了，而他們的春的夢，還是接連着。

月光底下，精靈跳舞着。看着這個，蓮花的妖女笑着。金魚和螢，都做着

古怪的貓

我願意忘却了那一日。

不知道有怎樣的願意忘却了那一日呵。

然而忘不掉。

那是最末的一日。

外面是寂寞而且寒冷。然而那一日的我的心，比起外面的寒冷來，不知道要冷幾倍；比起外面的寂寞來，也不知道要寂寞幾倍了。雖然並沒有測量心的寂寞和寒冷的器械。……

我坐在火盆的旁邊，惘然的想着。火盆的火燄裏，朦朧的燒着留在我這里的戀戀的夢和美麗的希望。忽然，不知從那里來，虎兒跳到了，（虎兒是這家裏養着的雄貓的名字。）便倒在我膝上，將我的膝，用四條脚緊緊的抱着似的發着抖。我正在想：這是怎麽一回事呢？虎兒便用了輕微的聲音說出話來：

「哥兒，

唯一的親愛的哥兒。

唯一的愛我的哥兒。」

虎兒還想要說些什麽的，但說了這話之後，似乎在不能說下去了。他的聲音斷絕了。

我心裏想：『唉，又是夢麽？夢是儘够了。然而事實却尤其儘夠哩。』可是毫不動彈，先前一般的坐着。於是虎兒的話接下去了：

『哥兒。我是已經不行了。對於一切，全都悲觀了。』

這時候，我想說：

『說什麼不安分的話，我自己，其實是早就悲觀了的，然而並不說。』但覺得虎兒有些可憐，連這也不說了。

虎兒又說他的話：

『主人，使女，廚子，因爲我不捉老鼠，都說我是懶惰者！然而我並非懶惰，所以不捉老鼠的。我已經不能捉老鼠了。我已經沒有了捉老鼠的元氣了。也並非是指爪和牙齒沒了力。是在這——虎兒說着，拍他自己的胸脯——這心裏沒有了捉老鼠的力量了。因爲我不捉老鼠，老鼠便在店裏，倉庫裏，任意的弄破米袋，咬麵包，偷點心。近日裏，聽說將太太寶藏着的克魯巴金的『麵包的掠奪』這一部書都啃了。主人和使女和廚子都說這是老鼠的胡鬧。然而這並不是老鼠的胡鬧。老鼠是餓着，全然餓着。不這樣，老鼠便活不下去了。哥兒，請你懂得我的心，一看我的眞心的裏面罷。』

虎兒用了頗爲激昂的口吻說完話，便彷彿要催促我的理解似的，將尖利的指爪抓着我的膝。

『痛！好不安分的貓呵。小聰明的。便是老鼠沒有食物，飢餓着，也不是什麼一個要慷慨激昂的問題呵。便在人間，俄國德國奧國這些地方，有一億幾千萬的人們在那里挨餓，然而我們不是漠不相關麼？況且那些宣傳臭的病症之類的鼠輩受着餓，這倒是謝天謝地的事哩。我很想這樣的對他說，但在我也沒有說出這些話來的元氣了。

『因爲我不捉老鼠，主人說不應該再給我吃飯。這是哥兒也很知道的罷。哥兒，說着這些話的我，也正餓着呢。肚子空空，沒有法想。倘使終於熬不下去，隨便的拿一點什麼食物，便立刻說是『嚇，貓偷東西了，』大家都喧嚷起來。假使沒有哥兒，我怕是早就餓死了罷。然而哥兒，我的肚子也仍然是空空的。雖然這麼說，我却也沒有全變成野貓的元氣。唉唉，我不行了……

主人和使女和廚子以爲不給我飯吃，我便會捉老鼠，然而這是不行的．因爲這心底裏，想捉老鼠的一種要緊的元氣已經消失了．唉唉，我已經不行．我是『古怪貓』了．倘是人，就叫作古怪人的罷．

這時候，我想這樣的對他說：

『唔，客氣一點，也許說是古怪人罷，但通常確叫作低能或是白痴！只給這樣的稱呼的．』然而在我也沒有說出這話來的元氣了．

『有一天，我坐在倉間裏，等候着老鼠來偷米．老鼠終於來到了．都口口聲聲叫着

『米！米！米！』

的來到，成了山的來到了．我就動手做．我咬而又咬，不知道咬殺了幾百，幾千，幾萬的老鼠．然而愈咬殺，且不必說想減少，却反而逐漸的增加起來．大鼠，小鼠，黑鼠，灰鼠，公鼠，母鼠，老鼠，幼鼠，親鼠，子鼠，這都口口聲聲的說

着一個題目似的，叫喚着，

『米！米！米！』

重重疊疊的來到了。那連串，想不到什麼時候纔會完。從宇宙創成以來的老鼠不必說，此後還要生出來罷。彷彿是無限大的鼠，一時全都出來了的一般。而個個都用了更可怕的執拗的聲音，不斷的叫着，

『米！米！米！』

我聽着這種聲音的時候，覺得自己的心情有些異樣了。而且本以爲只是老鼠們的叫聲；却在這叫聲裏，似乎也夾着我輩貓的叫喚的聲音了。阿，這貓鼠聲音却漸漸的高大起來。什麼時候之間，老鼠的聲音已經消沈下去，只聽得貓的聲音却囂囂的響：

『米！米！米！』

這正是貓的聲音。我覺得害怕，失了神逃走了。我伏在暗的角落裏，不

住的不住的索索的抖。

「米！米！米！」

這樣叫的貓的聲音，在我的耳中，不住的不住的只是叫喚着。

從此以後，我不知道抖了幾小時，幾日夜，幾個月呵。我從這時候起便不行了。幾成了古怪貓了。

這時候，我於『老鼠是我的可愛的可同情的兄弟』這一件事，這纔微微的有些懂得了。

我從這時候起，便沒有了捉老鼠的元氣，而且不能不隨意的暗地裏取一點食物了。

不能不隨意暗地裏取一點食物的時候，這時候，『老鼠是我的眞的兄弟』這一節，這纔懂得更分明。至於此後的事，則是我的朋友們，便是最親愛的朋友們，只要看見我，也便說是古怪貓，是瘋貓，立刻逃走了的。不但這樣，主人和使女和廚子，昨天也看出了我是發了瘋．而且主人說要勒死我，勒死之類，我是不情願的．

哥兒．唯一的愛我的哥兒．去買一點嗎啡，給我靜靜的睡去罷．你要可憐我．』

虎兒的話是很長．而且虎兒彷彿是想要我切實的記取似的，又將指爪抓在我膝上．

『晴，痛呵，』我叫喊說．我纔囘復了意識．我的膝上，是用了四條脚緊緊的抱着膝髁似的虎兒，索索的發着抖．我半在夢裏，靜靜的摩着他的脊梁．火盆的火全熄了．留在我這里的戀戀的夢和美麗的希望，也和這火燄一同灰色的崩潰了．

正在這時候，父親彷彿要偸竊什麽似的，悄悄的走進屋裏來．父親不出聲的跕着脚尖，走轉到我的背後，於是突然撲進來，用口袋罩住了虎兒．

『呀，捉住了捉住了。畜生。究竟也捉住了。』

我驚駭到要直跳起來，

『父親，這，這是怎的？』我咳嗽着，一面問。

『這畜生瘋了。發瘋了。倒還沒有抓了你。昨天，帶着到貓的醫生那里去，說是這已經發了瘋，不早早殺却，是危險的。』

『那麼，弄死麼？』

『唔唔，自然，昨天本就想弄死，但是這東西很狡獪，巧巧的逃脫了，大家都擔心着，沒有法子想。』

彷彿是這樣瞭然的事，沒有這樣的仔細說明的必要似的，父親便出去了。貓想逃出口袋去，掙扎着嗥叫。然而是異樣的無力而且淒涼的聲音。

我跑開去，抓住了父親正要拿出去的貓的口袋，而且說：

『等一等！』

『什麼？』

『可是，豈不太可憐麼？』

『什麼可憐？不是發了瘋的貓麼？』

『不要這樣說，父親，懇求你，饒了他罷。』

『胡說！』

『那麼，單不要打殺罷。聽我去弄他死。因爲我會去買了嗎啡來，悄悄的弄死他的。』

父親目不轉睛的看定了我的臉。

『感情的低能兒。說瘋貓可憐……這白痴東西。』

『父親，請聽我……』

『獃子！』

父親的緊揑的拳頭，從旁邊拍的飛到我的臉上了。

父親便這樣的出走了。

這時候，我覺得自己有些古怪了。這囘並非夢中，却實際聽得貓的聲音不住的這樣說：

『哥兒，哥兒，救救罷。救救罷。』

而且在這聲音裏，漸漸的加上了別的貓和老鼠的聲音，於是這便成了可怕的凄涼的合奏：

『哥兒呵。我們在受餓。我們在被殺。』

『哥兒呵，哥兒，救救罷！』

他們的叫聲漸漸的廓大開去，漸漸的強大起來了。

我掩住了耳朵。但是他們的叫聲，是並非掩了耳朵便可以防止的；響徹了身體的全部裏；有一種強率，一直瑟瑟的響到指尖。數目也增多，聲音也增大了。從宇宙創成以來生下來的一切鼠，一切貓，還有此後將要生下來的那無限的子孫，都想來增強這叫喚，增大這聲音。我是什麼也不知道，全然成了什麼也不知道了。在這漆黑的旋渦的世上，只有一件，只一件。

『我已經不行了！』

的事，却分明知道，宛然是成了雪白的浮影。

『米！米！米！』

『哥兒，哥兒，救救罷。我們在挨餓！我我們在被殺！哥兒，哥兒，救救罷！』

『喂，姊兒們』

『姊兒。』

我半在夢中的大聲的叫。使女從門口露出臉來：

『什麼事呢？』

『來一來。』

『有什麼事呢？』使女走進三四步，顯了異樣的臉色說。

『再近一點，近一點，這里……』

『哥兒，你怎麼了？』

我帖着伊的耳朵說：『姊兒，給我買一點嗎啡來。』

使女出了驚：『阿呀你，要嗎啡做什麼呢？』

「不，我不行了。我是低能，是白癡。我發瘋了。」

使女的臉色蒼白了：『阿阿，這嚇人，哥兒，哥兒。這眞是，問你怎麼！……哥兒。』

『姊兒，我是……以爲貓，老鼠，你們使女，全都是兄弟。而且不但是這樣想，是這樣的感着的，很強烈的這樣的感着的。以爲貓和老鼠和你們使女，全都是我的可同情可愛的兄弟……』

我的聲音顫動了。

使女不說話，看着我的臉。

那眼裏是眼淚發着光。
我願意忘却了那一日。
不知道有怎樣的願意忘却了那一日呵。
然而……
然而是……

（魯迅譯）

兩個小小的死

一

這是温暖的暢快的春天。太陽從東到西，自由的旅行在很高的青空上。時時有美麗的雲片，滑澤的在青色的空中輕輕地流走，宛然是通過那青葱平靜的海上的桃色的船。雲雀似乎想追上他，唱着什麼高興的歌，只是高，只是高，高到看不見的，屢次屢次的飛上去。造在街的盡頭的病院是幽靜了。病院的花園，看着花園裏的花的病人，一切都幽靜。在那病院裏，進了特別室，等候着『死』的來訪的，有一個富家的哥兒。爲要使哥兒不冷靜，那旁邊，瞢騰着一匹大的聖褒那的馴良的狗。籠子裏，是可愛的金絲雀的一對，唱給聽很美的歌。種在盆裏的豔麗的花，也滿開在屋子裏。從對面的病室中間，也似乎爲要使哥兒不冷靜，有一個勞動者的孩子不斷的送給他溫和的微笑。那勞動者的孩子，也一樣是等候着『死』的來訪的一個人。他從出世以來，似乎已經等候着『死』的來訪的了。而且無論什麼時候，無論是還吸着多病的母親的乳汁的時候，長大起來能夠幫助母親了的時候，後來又到那父親在那裏作工的工廠裏去作工的時候。無論什麼時候，他都等候着『死』的來訪。凡有看見他的人，幾乎無不心裏想：『死』怎麼不早到這孩子這里去呢？不知爲什麼遲延着的。

然而這孩子在自己的屋子裏，却不能看見爲要使他不冷靜，坐在身邊的聖褒那的馴良的狗，關在籠中的可愛的金絲雀，種在盆裏的美麗的花。然而這勞動者的孩子，一看見那從病室的窗間，也如自己一樣，眺望着從東到西，自由的旅行着的光明的太陽，和船一般輕輕地走過青空的，美的桃色的雲的模樣的富家的哥兒，都感着了兄弟似的溫暖的愛和親密的心了。於是哥兒的狗，和金絲雀，和盆花，他彷彿也就是自己的所有了。他已經有這樣的愛哥兒，而且覺得和哥兒有這樣的親密了。

二

酣醉於春的香，『死』靜靜的在病院裏彷徨的走，雪白的面紗裏藏了臉，而且揮着銀的鉤刀……

『都死呵。一切是，因爲死，所以生下來的。小的，老的，美的，醜的，愛的，被愛的，窮的和富的，賢的和愚的，以至於國王，非人，都死呵。在我這里纔是無差別。我纔是無政府主義者。我纔是平等的主張者。花是爲死而開的。鳥是爲死而唱的。人是爲死而呼吸的。痛快哉。嗚呼痛快哉。我喜歡破壞，因爲我是壯快的。』

絮絮叨叨的微語着，那『死』靜靜的走。雪白的面紗裏藏了臉，而且揮着銀的鉤刀……

然而誰也沒有聽到『死』的聲音。因爲彷彿要追上那船似的渡過蒼穹的桃色的雲去，驀地裏騰起來的雲雀的爽朗的歌，以及溫柔的春風，和夾着祕密的低聲的言語的美的花氣息，『死』的話便誰也沒有聽到了。

『死』靜靜的進了勞動者的孩子的屋子裏。然而孩子正看着蒼穹的顏色，不覺得『死』的近來。

『喂喂，小子。茫然是不行的。你已經非死不可了。』

孩子詫異似的凝視了遮着面紗的臉。

『說我死，莫非我歷來是活着的麼？』

『什麼？你連自己歷來活着的事都不知道麼？』

『一點沒有知道。單是今天，不知怎的略有一些疑心，覺得我莫非竟是活着……』

『鈍東西。所以我說，勞動者這一流最討厭。無論活着，無論死掉，似乎都以爲是一樣的事。是全不知道活着的價值的。即便取了這類東西的性命，也毫沒有什麽有趣！』自己對自己一般的勞叨着，於是又對孩子道：『喂，小子。你的性命再給延長一點罷，但得將你那最愛的朋友的性命讓給我，好麽？』

『朋友的性命？』孩子詫異的凝視着白面紗的臉。

『唔，是的，就是那哥兒的性命。』那『死』用了銀閃閃的鉤刀的尖子，指着靠了窗口正在眺望那蒼空的顏色的富家的哥兒。

『哥兒的性命是哥兒的性命。我不知道。怎麽能由我讓給呢。』

『不要講什麽獃道理！凡有你所愛的東西的性命，是都在你的手裏的。只要說將這讓給我，就够了。』

孩子很疑心的看定了那瀫。

『這眞麼？我所愛的東西的性命，都屬於我的？』

『是的。趕快些，說道讓給！』

勞動者的孩子靜靜的笑了。

『還有比勞動者這類東西更討厭的麼！無禮已極的東西。』

『死』粗暴的揮着銀鉤刀。勞動者的孩子又笑了。

『我這纔彷彿有些覺得自己是活着。高興呵，高興呵。所以笑着的。』

『算了算了！快將那哥兒的性命讓給我罷！』

『不行。所愛的東西的性命倘若在我手中，那麼，這並非爲了交給『死』却爲了防禦『死』的罷。』

『專說隨意的獸道理的東西！所以我說，我最討厭的是勞動者。喂，小子，沒有遲疑的時候了。將朋友的生命讓給我呢，還是自己死呢，是兩中揀的了。」

「我自己死。」一面說，勞動者的孩子坦然的笑了。

「看來還沒有懂得生命的價值哩。鈍物！」獨語着，「死」便焦躁起來，團團的揮着銀鉤刀。

「好罷好罷。朋友的性命怎麼都可以，那就將那聖褒那的狗的性命讓給我罷。」

「不不，不讓的。給『死，』是除了自己的性命之外，什麼都不讓的。」

「鈍東西！那個金絲雀的性命怎麼樣？」

「便是金絲雀的性命也不行。」

「花的性命該可以罷？」

「這也不行。」

「鈍東西呀！自己的生命的價值，竟絲毫不知道。所以我說，勞動者這一流東西，我是最討厭的！』嫌惡似的獨語着，又向了孩子粗莽的說道，『喂，小子，預備着死罷。』

『死』靜靜的走出房外去了。勞動者的孩子還是笑。

『唉唉，愉快呵！唉唉，愉快呵！我活着。這纔分明的知道是活着了。比什麼都更強的感到這個了。愉快呵，愉快呵。』

勞動者的孩子獨自高興着。

三

『死』靜靜的走進富家的哥兒的屋子裏去了。然而誰也沒有覺到這。都酣醉於孅散的快活，輾轉於酣美的現實之中了。金絲雀正將從父母那里聽來的遠地裏的熱帶的島的傳說，講給朋友聖褒那的狗。那狗一面聽，一面計畫着，想用尾巴去打殺那些纏繞不休的蒼蠅。對了種在盆裏的花，春風暗暗地低語着蜜一般甜的說話。哥兒是正在眺望那宛如滑走於青的海上的輕舟似的，輕輕地流過大空的美麗的桃色的雲。『死』站在他的近旁，沉鈿鈿的說話了。

『喂，哥兒！茫然是不行的。你已經非死不可了。』

因爲病，成了青白色的哥兒的瘦小的臉，於是顯了純青。

『饒了我罷。再少許，很少許，放我活着罷。放我到看不見了那美麗的雲的時候，那滿着慈愛的太陽完全下去了的時候。』

『不要說任意的話。便是我這邊，也不是任意的做的。』

『但是，但是，再少許。到那雲雀落在樹叢裏爲止。到那金絲雀的歌唱完了爲止。請原諒，眞是再少許……』

『你肯讓給我那花的性命的罷？你所愛的東西的性命，是都在你手裏的。給你的性命挨到雲雀飛下來，但你肯將花的性命讓給我麽？』

『行，讓給你．』

『還有那金絲雀的性命呢？』

『行的．』

『還有那聖褒那的狗的性命呢？』

哥兒淒涼的凝視了包着白的面紗的臉．

『不是遲疑的時候了．死已經逼緊了．將聖褒那的狗的性命也讓給我麼？你所愛的東西的性命，都在你手裏……』

『行，讓給你罷！』

『還有，那個你的朋友的性命——』

哥兒全然青色，顯着苦痛的表情，要窺探那藏在面紗中間的『死』的臉似的，目不轉睛的看．

『倘這樣，我便給你延長性命，一直到看不見了那桃色的雲爲止罷．

到那光明的太陽沈下去了爲止。』

『行，讓給你！』

『死』靜靜的走出屋外去了。但哥兒却將那青白的臉，深深的埋在枕中，永久的永久的嗚嗚咽咽的啼哭着。

四

第二日，一個體面的葬儀擧行了。蓋着黑的喪絹的體面的靈柩上，有親戚朋友們送來的許多花，看起來也就很美的裝飾着。然而那些花是已經並不活着的了。許許多多的朋友們，都穿了美麗的衣裝，悲哀的來送這靈柩。這是富家的哥兒的葬儀。

同時候，住在哥兒對面的房子裏的，那勞動者的孩子的葬儀也擧行了。小使兩三個，將他的身體裝進箱子裏，運到不知那里去了。像是來送模樣的人，什麼地方都沒有。只有一個，遮着白的面紗的年青的看護婦，送這棺材到了病院的門口，而且從面紗下，不斷的流下美的淚滴來。棺材漸漸的將要不見了的時候，看護婦決心似的說：

『我也去，我也非去不可。眞理在那里。』她說着，靜靜的向着貧民窟走去了。

有誰目送着她，低聲說：

『死似的。罩着白的面紗，而且看去似乎手裏拿着銀鉤刀，』

（魯迅譯）

爲人類

序

如諸位也都知道，我的父親雖然名聲並不大，但還算是略略有名的解剖學家。因此父親的朋友，也大概是相同的研究解剖的人們，其中也有用各種動物來供實驗的，也有同我的父親一樣，幾乎不用那爲着實驗的剖檢的。而且也有開着大的病院的人們，至于聽說是爲了自己的實驗，卻使最要緊的病人受苦。那時候我常常聽到些異樣的事，現在要對諸君講說的故事，也不外乎這些事裏的一件罷了。

一

有一條很大的街上，住着一個名叫K的有名的解剖學家。這學者對于腦和脊髓的研究，在國內的學者們之間不必說，便是遠地裏的外國學者們之間也有名。這學者的府邸裏，因爲實驗，飼着兎和白鼠和狗，多到幾百匹。那實驗室雖然離街道還很遠，但走路的人們的耳朵裏，時常聽到那可怕的慘痛的動物的喊聲，宛然是想要告訴於人類之情似的，一直沁進心坎去。路人大抵喫驚的立住脚，於是說道：『阿阿，又是解剖學者的研究罷，』便竭力趕快的走過了這邸前。然而住在學者的家裏的人們和鄰家的人們，却早已聽過了這慘痛的動物的叫聲，無論從學者的實驗室裏發出怎樣可怕怎樣淒涼的聲音來，大家都還是一個無所動心的臉。單有解剖學者的幼小的孩子，却無論如何總聽不慣這叫聲。倘若那叫聲來得太苦惱了，幼小的哥兒便彷彿狂人一般，往往跳出窗門，什麼也不見，什麼也不辨，掩着耳朵，只是儘遠儘遠的逃走。一聽得有這樣事，學者非常惱怒了，而且說着：『低能兒！退化兒！』一面凝視着他的臉。隨後似乎要防止什麼可怕的思想模樣，在面前劇烈的搖手，退到自己的實驗室裏去，此後便兩三日不再出來，只是躭着實驗。當這樣的時候，從那裏面，一定是不斷的發出比平時更苦惱更慘痛的動物的叫聲。家裏的人不必說，便是鄰人，也都明白的知道，這是解剖學者不高興了。

哥兒的家裏有一匹可愛的小狗叫L，而且在學者的家裏養着的許多狗裏面，以及四近的許多狗裏面，這是最優秀而且伶俐的狗。解剖學者一看見他的頭，總是微笑的。有一天——哥兒那時剛九歲——是學者的心緒比平時更不高興的一個日子，從實驗室裏發出使人腸斷似的慘痛苦惱的動物的叫聲來了。母親怕哥兒又逃到什麼地方去，守在他的近旁。哥兒是拚命的掩着耳朶，竭力的想要聽不到一些事。其時又發出了一陣尖利的可怕的狗的悲鳴。哥兒臉色便發了青，說道：『母親！那是L呵！是L

呵！是L兒！確是L兒呵！』於是自己忘了自己，擺脫了母親的手便走。他走進實驗室，一面叫着『父親！父親！』的，一徑跳上解剖臺，用自己的小手抓住了鋒利的解剖刀。對於圓睜的不動的眼，結了冰似的堅硬的可怕的臉的表情，從嘴裏湧到發抖的唇上的水波一般的泡沫，——哥兒的一切模樣，怒視着的解剖學者，便怒吼道：『低能！白癡！退化兒！』用一柄大的洋刀儘力的打在他頭上。追着哥兒的母親叫道：『你！你！』捏住了學者的手，然而已經無及了。因爲不能全留住學者的用勁的力量，那洋刀便砍進了哥兒的頭。『唉！——』哥兒歎息似的叫喊，一雙血汙的手按着頭，和小狗並排的倒在解剖臺上了。女人將那看不見倒在解剖臺上的兒子和拿着血汙的刀的丈夫的伊的眼愕然似的惘惘的直看着說：

『阿呀你，你呵！』

男人驚異似的看着從刀上濺下來的腥氣的血點，嘴唇却無意識的叫喊道：「低能！狂人！退化兒！」

「阿呀你！你！」

和小狗並排，哥兒靜靜的躺着。

二

然而哥兒沒有死。父親自己給他醫治，三個月之後，又和先前一樣完全治好了，只留着從額上到後面的一條很闊的傷痕。至於哥兒是否是和頭的傷一同治好了心的傷，這我可不知道。L兒也沒有死。暫時之後，他又和先前一樣，喤喤的叫着，在學者的邸內關着走。然而那小狗是否也治好了心的傷，這我可更其不知道了。

解剖學者爲了兒子，三個月間不能做自己的事，所以哥兒的病一全愈便用了加倍的精力，再去鑽先前的研究了。那慘痛的動物的叫聲，在三個月的平靜之後似乎更厲害。鄰人們都嗤笑，說學者是對於無罪的動物在復讐，而學者的心情，彷彿每天只是壞下去模樣了。便是深知道他的朋友們，見了他那陰鬱而且時時因爲神經性的痙攣而抽動的疲倦的臉，由於頑固和勞乏而鋒利了的眼睛，也不知怎樣的覺得古怪，覺得可怕了。

有一晚，K解剖學者對着來訪的友朋們說：

『我們爲了研究，費去多年的日子，和幾千匹的動物，努了力，而其結果大抵不過是一種假定。但要得和這相同的結果，不比這尤其完全的結果，却有只在兩三星期以內便能成功的方法的——』

這是候，客人一聽，都詫異的看着他的臉。他們的眼睛裏，判然的見得懷疑的光。

『……倘使我，代那兔和狗，却能够用活人的時候，……』在他眼裏，似乎鋒利的閃着黑色的光芒。

『阿呀你你！』夫人只是這樣說。

學者更其低聲的接着說：『倘使爲了實驗，許我用一個，只一個活的人，便是低能兒也可以，則我的腦髓的研究，我一定在兩三星期之內成功給你們看！那麽，不但本國，便是一切人類，因此不知道要怎樣的得益哩！只要一個，低能兒也好的，就只是一個……爲人類，……』

那古怪的發光的黑眼睛，看在馴良的坐在屋角的他的兒子上頭了。

『母親！母親！』孩子無意識的叫喚。客人但如礦石一般的凝視他，屹然的坐着，口和身體都不動。學者的妻全身索索的發着抖，對於兒子，竭力的想用自己的身體來遮學者的眼睛。

『阿呀你你！』

從外面尖利的響來了L的凄涼的吠聲，似乎要沁進很深的很深的心底裏。……

這一夜，就牀的時候，哥兒叫了母親，緊緊的揪着，將自己的口貼着母親的耳朶說：

『母親，母親！如果是爲人類，我是不要緊的。對父親，好麼，這樣說去。將我也像那小狗一樣，……因爲不要緊的，如果是爲人類。……』

聽到這話的時候的母親的心情，用了筆能寫出什麼呢？至少在我是不能描寫了。伊將孩子緊抱在自己的胸前，而且永遠是永遠是反覆的反覆的不斷的叫道：『孩子！孩子！』從暗夜的昏暗裏，聽到了要沁透那很深的很深的心底裏似的凄涼的叫聲。

這一夜是黑暗的夜。哥兒無論怎樣竭力的想要睡然而總是睡不去。他等到母親的房裏寂靜了的時候，悄悄的離了牀，跑到外面去了。哥兒試叫那小狗看『L！L！』L兒便幽鬼似的飛出了昏暗的暗地裏，突然和哥兒說起話來，『阿阿，哥兒，哥兒，哥兒。』

哥兒擦着眼睛，一面想『這不知道是夢不是，倘不是，L兒不會有能說話的道理。……』

然而L兒却道：『請罷，哥兒，到我的家裏去罷，因爲有話說。……』一面說，便牽了哥兒的寢衣的衣角，要領向昏暗的暗地裏。

『去也可以的，但你豈不是不會有能講話的道理麼？如果喤喤的叫，那自然不妨事。……』

『這等事豈不是無論怎樣都可以麼？便是給小狗偶然說幾句話，也未必就關緊要罷。』

『要這樣說固然也可以這樣說，但倘若不是做夢，這樣的道理是行不通的。』

這樣的談着天，哥兒被L兒伴到了狗的小小的房子裏。最奇怪的是那小小的房子的門口，哥兒也毫不爲難的進去了，那裏面坐着一個四十來歲的，很像哥兒的母親的女人；伊旁邊又有一個十五六歲的，也和哥兒的堂兒的中學生很相像的男孩子。L兒便說：

『母親，現在，領了哥兒來了呵。』

『來得好。』那女人行了禮，很和氣的說。

『對不起，穿着什麼寢衣來見大家實在失禮了。』哥兒說着謙虛的行禮，但心裏却想道，『這狗子！畜生！明天一定給一頓罵。』他這樣想着，去看L兒。怎樣呢？原來L兒已經用了後脚直立起來，宛然是中學生脫着制服長靴和手套一樣，正在脫下他小狗的皮來。於是和哥兒彷彿年紀的一個可愛的少年，便立在哥兒的面前了。

『你眞會捉弄人。……』哥兒大驚的說。

L兒不理會這話，只說道：『這是我的母親。知道的罷？』

女人又謙恭的行禮說：『我是他的母親，叫做H的。孩子始終蒙着照顧，委實是說不盡的感激。』

『那里那里！』哥兒想要這樣說，但喉嚨裏似乎塞着一塊什麼堅硬的東西，什麼都說不出來了。

『今天，又拜領了剩下的骨頭和麵包實在很感謝。』

『不不，簡慢得很。』哥兒想要這樣說，但聲音又堵住了，便單是微微的行一個禮。

『這叫S，是我的堂兄。然而如果他的父親是家裏的牛狗，那纔是我的眞堂兄，假使是那富翁家裏的叫作約翰的牛狗，那便和我毫沒有什麼相干了。』

這叫作S的十五六歲的美少年，便宛然那中學校三年級生對於一年級生似的，不過略打一點招呼．哥兒想道：『不安分的東西！畜生！明天大大的踢一頓．……』但也什麼都不說，却謙虛的回了禮．

L兒和哥兒來接吻，並且說道：『哥兒，我們角力罷，這回可不輸給你了．』於是便和哥兒玩耍起來．S趕緊做了審定人，發出『八卦好，八卦好，未定哩，未定哩．』的喊聲，在周圍跑走．母親給他們獎賞，哥兒是一個魚頭，L兒也得了魚尾巴，但哥兒因爲客氣，便將這讓給S喫了．

哥兒雖然和S兒很有趣的游戲，但他的眼睛總不能離開那L兒先前脫下來的狗的衣裳．他乘了一個機會，便將衣服拿在手裏，留心的仔細的看．S一見這，便略略對他一笑，彷彿那大人對於孩子似的．

『哥兒，何必這樣詫異呢？狗和牛和鳥，便是魚，內容和人們是沒有一點兩樣的．兩樣的單是衣服罷了．』S說．

『不安分的東西．』哥兒又想．

『幾千年之前，我們的衣服是和魚的衣服全一樣。至於我們的祖宗穿着狼的衣服，那可是近時的話了。哥兒，雖然不知道是幾千年以後的事，我們也要你似的穿了洋服昂然的走給你看哩。』L兒接着說。

『聽說是這就叫進化，……』那母親也插嘴，用了怯怯的聲音。

『但在人們裏面，也不能說是都進化。因爲退化的東西正多得很哩。……』

哥兒的臉紅起來了，他想：『畜生！這是說我，聽到了父親所說的話了罷。明天得着實的打一頓。』

『那是，眞有着人的價値的東西，實在不多呵。退化下去的東西，不是再改穿了狗和老虎的衣服，學學進化到人的事，是不成的了。』說着，S牢牢的凝視着哥兒的臉。

但L兒的母親却擔心似的，看着哥兒的通紅的臉安慰說：『請你不要生氣。這並不是你的父親的事。……』

哥兒不說話。他穿起L兒的衣服來了。L兒笑吟吟的嚷着『阿阿，好高興，好高興。』也替哥兒的穿那他的衣服去幫忙。哥兒戴上了手套和帽子，穿好了長靴，大家便都拍手稱讚道：『可愛的小狗，可愛的小狗。』

四

燦爛的朝日的光已經進了哥兒睡着的房裏面，在他美麗的臉上，牆壁上，都愉快的跳舞起來了。『唉唉，好熱。』哥兒醒來一面說。『唉唉，獃氣，人也會做出很胡塗的夢來，——什麼我去穿L兒的衣服。』哥兒獨自絮叨着，一看那掛在對面壁上的大鏡，而那鏡裏面，是一匹小狗，駭怪似的正看着哥兒。『唉唉，不得了了。我是小狗了。母親！母親！我是小狗了。L了。我是退化的人了。母親！母親！』

哥兒的母親正在服侍他父親用飯呢。從那邊的屋子裏，伊聽得哥兒的大嚷的聲音，便說道：『孩子在做什麼呢？』於是走向哥兒的房裏來。伊到門口一窺探，只見哥兒像狗一般在全屋子裏面走，嘴裏也『嗥嗥！』的只有狗子的嗥叫，或者是一種不能懂得的聲音了。

『孩子！孩子！怎麼了？』

哥兒看見母親，高興的走近身邊，於是狗似的跳到母親的膝上，嘖嘖的舐着伊的手。從他嘴裏，只聽到高興的叫聲道：『嗥嗥！』

『究竟是什麼事？』從食堂那邊，聽得父親的聲音說。

『沒有事，全沒有什麼事。不要到這里來！……』一面說，母親便鎖了門。而且伊將哥兒緊緊的抱在胸前，用接吻來防止這可怕的『嗥嗥』的叫聲，想不傳到父親的耳朵裏。

升得很高的朝日的光，進了屋裏的角落，到處都在跳着高興的跳舞了。

學者出現在窗前一瞬間。他一看，他只一看，便看盡了屋裏的情形，於是退進自己的實驗室去了。不多久，從那屋子裏，便發出慘痛的苦惱的，彷彿發了瘋似的陰慘的狗的嗥叫來。這又和小哥兒的「喤喤」的聲音混合起來，成了珍奇的合唱。而絕望的母親說道『孩子！孩子！』的悲哀的音響，便正是那伴奏了。

燦爛的太陽的光線，和那淒厲的合唱也協合起來，還在各處作輕捷的歡欣的跳舞。

昏夜又到了。一切物又都平靜在安睡裏。疲乏了的哥兒的母親也親愛的抱着可愛的哥兒，和衣睡去了。彷彿就等着這樣似的，哥兒悄悄的離了母親的手不出聲息的急忙跑到房外面。他在昏暗的黑夜裏，走向狗的家去了。那狗的家裏，L兒和母親，和S，正都等着哥兒的到來。大家見他一來到，便迎着說：「哥兒哥兒，快脫衣服。很遭了不得了的事了罷？」於是大家都幫哥兒脫下L兒的衣服來。

「唉唉，實在不得了呵。我說的話誰也不懂我。我全然悲觀了。」

「是罷。不知道你的母親怎樣的傷心哩。快回家去，給母親歡喜罷。」

L兒的母親一面說，和大家送哥兒到了那家的門口。

「再來罷。我的母親說要給你做一套同我一樣的新衣服。這麼辦，我們兩個便來玩狗子游戲罷。」L兒說。

哥兒走進臥房裏去了。母親還是和衣的睡在牀上。照着電燈的光的那臉，毫不異於L兒的母親；只是因爲眼淚，那眼睛顯得紅腫；因爲憂愁，那面龐顯得青白罷了。哥兒暫時看着母親的臉，於是將手搭在肩上，叫道：

「母親，我又變了原來的人了，還沒有完全退化的。」

母親驚醒了，

『母親，狗和人單是衣服兩樣，內容是全都相同的。我和L兒一點沒有不同。母狗H也全和母親一樣。』

母親高興的凝視着哥兒的臉。那眼睛裏，很長久很長久的閃着美如玉的淚的光，於是這點點滴滴的落下來了。

五

解剖學者的研究漸漸的進行前去了。而且那研究愈進行，學者的眼光便愈是長久的留在L兒的上面，L兒的頭，人的眼光一般聰明的眼，——這些東西，在學者的眼睛裏，似乎見得比別的無論什麼動物都重要了。但是要分開哥兒和L兒，是誰都知道不能够，哥兒和L兒也其實似乎成了一個了。然而有一日，終於不見了L兒。而且他在那里，是沒有一個不瞭然的。只是那科學者怕像先前一般，有誰走進實驗室來攪擾他的研究，所以他已經下了鎖將門緊緊的關閉起來了。

但一面和L兒同時也不見了哥兒。母親彷彿成了狂人一樣，這里那里的尋覓，鄰人們和警察也幫着各處去搜尋；然而哥兒終於沒有見。

兩三日之後，那母親突然出現在伊丈夫的實驗室裏了。

『你那，孩子尋不得呢。』伊說。

學者却是不開口。

『你那，L兒怎麼了？』

學者仍然不開口，指着一張掛在壁上的狗皮。

夫人取了那皮暫時目不轉睛的只查看，但忽而指着頭這一邊說：『你那！看罷。L兒的頭上不應該有這樣的傷痕的。你看。』

皮上面，從前額到後頭部，分明有着大的洋刀的傷痕。學者還默着，但將伊和狗皮比較的看。

『你看，這樣的傷疤，L兒的頭上不是並沒有麼？』

『你是狂人！』抖着嘴唇，學者喃喃的說。

『倘是狂人便也可以解剖我，供腦的研究之用麼，爲了人類的幸福！

……』

不多時，學者的夫人也不在家裏了。而且此後也沒有一個和伊遇見；伊的踪跡，便是朋友裏面也沒有知道的人。而鄰家的使女却說伊並未走出實驗室。鄰人和學者的朋友都相信，哥兒是被領到一個親戚的家裏去，在那里做養子了。然而鄰家的使女和工人却說是不見了哥兒的那一日，從實驗室裏分明聽得他的悲慘的痛苦的聲音。有幾個人還說在邸宅裏確然看見了夫人和哥兒的鬼。

有了這事的兩星期之後，對於腦髓的新研究，由K解剖學者發表了。

這不但在本國，簡直是給全世界的科學者一個大革命一般的驚人的事。當同志的人們開一個會給科學者作研究發表的紀念的時候，K氏曾在席上說過這樣意思的話：『將這需用十年以上的工夫的大研究，自己在極短的時間裏的便能成就者，是全由自己家裏所養的出奇的聰明的小狗的功勞。』朋友們都以爲這是指着L兒的事。

此後又經過了多少時，K氏在研究中，忽然被癲狗所咬，死去了。在他桌子上留着這樣的一封信：——

『我現在爲狂犬所嚙，非死不可了，爲一匹小小的可愛的狂犬……。當我專心於實驗的時候，這小小的可愛的小狗便走進實驗室來。爲了什麼呢？他那凝視一處而不動的眼，開得很大的嘴，從嘴裏拖着的通紅的舌滴滴的流下來的白的渾濁的泡沫，——凡這些，只要一見，便無論何人一定便知道是狂犬。我自然也很知道。我立刻拿起解剖用的大洋刀，然而解剖過幾千匹強壯的獸的我的手，無論如何，竟不够打殺這一匹小小的狂犬的力量了。我的逃路也很多，然而我卻不動的站着。這什麼緣故呢？我不知道。我不是心理學者，我不過一個解剖學者罷了。小小的可愛的狂犬於是咬了我。然而瞬息之後，這狂犬便睡在我膝上而且舐我的手。我是雖對自己的孩子，也可以說未嘗給一回接吻的，然而對於這小小的可愛的狂犬，卻接吻了多少回呵。於是從有生以來，在這時候我纔想做詩。在這時候我纔想試彈昂班的『夜曲』和革理喀的『春的醒』我又爲什麼先前不將美童話講給人們呢，自己覺得稀奇。抱了小小的可愛的小狗，我嗅着哥囉昉而死亡。唱着修貝德的「聖母頌，」……』

寫在信上的就是這一點。但對於K氏之死，朋友們最以爲不可解的是學者抱着的小狗，卻正是L兒。是朋友們先前以爲給K氏的研究出奇的從速告成的那聰明的小狗L兒！……

六

這是數年以前的事了。我去訪問一個現在還是活着的有名的解剖學者。這學者，是從在大學的時候起便非常愛我的人。這學者所立的病院，以及他那解剖學的實驗室，幾乎都是有名到無比的。此時他靠着大的解剖臺，剛剛完畢了研究。我半躺在長椅上，凝視着他的臉。那瘦削的永遠是疲勞着似的青白色的臉上，略顯出爲研究時情熱所燒的微紅。這學者的研究也專門是腦髓，所以我的說話，也便自然而然的移到K解剖學者的事情上去了：——

『要有他這樣深，又有他這樣細，眞實的研究的事，覺得到底是爲難的。恐怕雖在兩三百年之後，也未必能有新的東西，加到他的研究上面去。他眞是一個不可思議的天才。這是確的。然而將他的腦髓的研究細細調查起來，愈調查，便愈覺得在他的研究上，用了和別的解剖學者所用的種類不同的材料。」

「材料？」

「材料呵。」我詫異的看着他的臉。

學者謎似的笑了。我又詫異的看着他的臉。解剖學者低聲說：

「K是確鑿爲了實驗，至少解剖了兩個活的人，確鑿。你聽到過K的兒子和夫人的事了罷？」

「有的，從父親那里聽到過孩子還小就不見，此後不久夫人也走了，是罷？」

「就是……」他自言自語似的說，「至少兩個。……」

我默默的又凝視着他的臉。學者並不對誰，但接着說：

「現在的社會上，爲了土地和商業的利益，爲了政治家和軍人的野心，殺死了多少萬年青的像樣的人，毫不以爲怎樣。然而爲人類爲人間的幸福，爲拚命勞作的科學者的實驗，却不許殺死一個低能兒。這是現代的人道。這是我們自以爲榮的二十世紀的文明。……』

學者拿着洋刀嘲弄的笑，而且激昂的站起，無意識似的鎖了實驗室的門。

『便是現在稱爲模範的人們，對於爭利益，爭權力，爭女人，因而殺人，因而犯罪的事，也以爲不算什麼一回事。然而爲了科學者的進步，爲了人類的幸福，卻不能殺死一個白痴。這是現代文明人的道德。』他說，那眼裏燒着狂熱的光，那拿在手裏的洋刀，在我眼前古怪的烱爍。

沒有逃的路。然而我也未嘗想逃走，只是無意識的半本能的用雙手掩了自己的頭：——

『我是不要緊的，如果是爲人類……。然而倘不更好的做……不給一個別人知道，也不給警察那邊知道，……』

科學者忽然平靜了。他那眼睛裏，已經可以看見還在大學時代的，愛重我的懇切的表情。他放下洋刀，像平常一樣的抱我了。

『我說了笑話呵。懂得？』

『自然懂得。……』

『再會。』學者開了門，一面和我握手說。

『然而，』我在自己的手裏接受了他的手，用力的握着說。『如果是爲人類，我是什麼時候都可以的。有必要時，倘若祕密的通知我……。因爲我是不要緊的，像那小狗一樣……，但不要給一個人知道，要祕密。……』

一回家，我便徑走進父親的實驗室裏去。

『父親。K解剖學者的孩子和夫人，究竟是怎麼的？』

『K的孩子和夫人？』父親喫驚的凝視着我的臉。『就是向來說過，都不見了。」

「單是如此麽？」

「就是如此。」

「然而調查起那人的研究來，不是說至少也有兩個活的人，用在實驗上麽？」

「哼，這是那個科學者的話罷。你可曾問過他，他爲了一樣的事，自己親手殺了多少人？」

「那結果是怎麽了呢？」我什麽都不懂了，看着父親的臉。

「凡是糊塗東西，卽使設立了很大的病院，爲了實驗殺死了幾百個病人也一點沒有功用的。然而在天才，有白鼠就儘够了。所謂科學因材料而進步之類的話，正是那一流人的話。」

「但是，父親，你可有K先生並不殺掉自己的兒子的確鑿的證據麽？」

『有的，有着萬無可疑的確鑿的證據的。』

『那證據是？』

父親異樣的看定了我的臉，我無意識的用兩手抱了自己的頭，這里有一條從前額到後頭部的可怕的傷痕，我在這時候方纔覺着了。

『父親！說是K先生的兒子就是我麼？還有那科學者，就是我的堂兄麼？』

『我什麼也沒有說，我豈不是並不開口麼？』

『父親，這是誑的！什麼時候，父親不是曾經自己想親手解剖過我麼？』

『這也說不定。……』父親轉過臉去，自言自語似的說。

我看看這情形，永遠永遠的茫然的站着。

（魯迅譯）

虹之國

（一）

火子眞是好孩子。伊總是柔順地聽從父母底話。伊也很愛那叫做組兒底偶人和叫做玉兒底小貓，而且伊很照顧彼等。

火子底父母，也像諸位底父母一樣，是極好底人。整天勞動，酒也不喝，烟也不吸，便是一錢也不浪費。伊們很愛火子，——然而火子卻從來不曾吃飽過飯。點心這類東西，一年裏也沒有三四次盡量吃的機會，——除了正月裏，佳節，盂蘭盆，和重要的慶祝的時候。

火子底姊姊，哥哥，和兩個弟弟，都不上七歲就死了。醫生說：這都是養活不良的緣故。

火子，已經十歲了。伊一天一天地瘦弱起來，像點着的蠟燭一般。母親看到這情形，『這孩子，也是命運不好，生於不幸的星宿之下的吧！名字也不是好兆頭；另取了個名字罷，你看怎樣？』憂愁地對丈夫說過好幾次。

父親皺了皺眉頭，說：

『我們都命運不好！都生於不幸的星宿之下！但也有更近的原因咧！』便像威嚇誰一般，揮着大拳頭；可怕的眼珠，閃着輝光。

有一天，一個有錢的婦人說：火子這般伶俐柔順的孩子住在這種窮苦的人家，實在是可憐。商量想把火子領了做自己底女兒。而且說：火子想吃的，不論什麽菜蔬，都給伊吃；想著的，不論怎樣美麗的衣裳，那替伊做，火子的父母，離開這可愛的女兒，是苦痛的；但覺得爲火子想，養育於有錢的人家，比養育於自己這麽的窮苦的人家好的多；所以也便允承了那有錢的婦人所說的話。火子聽到了這件事，卻很不高興，甚至於說，『要是我不能跟着爸爸和媽媽，那便趕快死了吧！」

父母還想誘惑火子，說：在有錢的人家，天天可以吃點心和果物，著美麗的衣裳，在華麗的客室裏同偶人似的小姐姐們快快活活地游玩。火子仍然一點不理會這些話。

「要是爸爸和媽媽不能吃飽飯，我是不願獨自吃甘美的東西的，不願著美麗的衣裳的，就是著了，也毫不快活的。送給那有錢的婦人，我是不情願的。快快回絕了吧！爲什麼那婦人要給了過分的親切，領我去呢！阿，快快回絕了吧！我是不情願的。不情願的。」火子這樣說。

火子漸漸地瘦弱下去了。醫生說：這是因爲養活不良而貧血；如有很多的食物吃，那便會全愈的。

要把火子當自己底女兒的那有錢的婦人，曉得火子病了，送給了許多山查糕，桃山。栗饅頭等甜美的點心。可憐的火子，見了這些贈品，便快快活活地微笑着。母親煮滾了水，把粗茶葉放進去，又把點心放在那三月裏供小偶人的美麗盆子（註二）裏，對火子說：多吃點吧！站在旁邊的父親，見了這些贈品，也微笑着。火子起初，快快活活地拿了一片山查糕想吃，——忽然臉色變成悽慘，而且把那想吃的山查糕重新放在盆子裏了。於是母親憂愁地問道：

「火子，怎麼？爲什麼你不吃了？」

「我不能吃這些東西。我覺得對不住不能同我一塊吃這些東西的花兒，愛兒，美智子伊們。要是我一個人吃了這些贈品，總覺得是負了朋友。」

火子確切地說。

父親和母親異樣地相向着，——但母親卻什麼也不說，走到外面去了。父親抱了火子，撫摩伊可愛的頭。

「爸爸！勞動者不窮苦的國，那里可有嗎？勞動者的孩子，吃飽着飯，著着美麗的衣裳，而在不漏雨，不透冬天的寒風的，客室裏過日子這樣的國，那里可有嗎？」火子對父親說：

「阿，……」父親微微傾斜了頭，這樣說：

「有的。這樣的國，確鑿有的。這國名叫虹之國。」

「那麽，爸爸，我們可也能到那個國裏去嗎？」

火子閃着輝光的眼睛，這樣問。

「當然可以去的。」

父親確信似地回答說。

「幾時能去呢？」

「卽刻就能去的。」

父親顫動着嘴唇，用了低微的卻又尖銳的聲音說。

正巧這時候，母親同着許多鄰舍的孩子走來了，孩子們，一面同火子遊玩着，一面吃點心，喝茶。火子底父親，撫摩着孩子們底頭，講虹之國的事情給伍們聽。孩子們都驚異地張開着嘴巴，熱心地聽這有趣的奇異的話。

父親繼續着說：到那個國裏去是很難的；到那個國裏去，須渡過虹橋，這是很麻煩的；但大家不到那面去也好，只要大家年紀大了，努力勞動，這個國便同虹之國一樣的。在聽着講這些話的孩子們，一直游玩到夜深。

此後，火子底病，更加沉重了。母親，把面龐靠在父親底肩膀上，悲哀地哭泣着火子底沉重。父親看着睡在病牀上的火子，握着大拳頭，悲哀地靜默着。

病牀上的火子，視綫透過了窗子，望着天空，把組兒這偶人和玉兒這小貓放在旁邊，靜寂着。醫生給火子吃了種種的藥，仍舊說：要是有很多的滋養的食品吃，那便會全愈的。

此後不多幾時，接連着落了三天雨。第四天的午後，天才晴了；那太陽，像同情於爲雨所惱的人們，從雲縫裏露出些光輝的面龐。火子在病床上，爲雨所惱，所以這時候也很感謝太陽。牀旁父親買來的薔薇花，將凋謝了，噴着憐惜年輕的短命的靜寂的芳香。

火子，愛這薔薇花。火子愛憐那明天怕已凋謝了吧這花底悲嘆，同彼接吻。抬頭一看，橫過天空到火子底窗邊，架着虹橋。火子心裏想着多麼美麗啊，便恍恍惚惚了一下。不就消滅了的嗎，伊這樣想着；然而並沒有消滅下去。這虹，現着異樣的美麗，漸漸明顯地浮在天空之中。火子記起什麼時候父親曾經說過，到虹之國裏去，須渡過虹橋了。恐怕沒有今天這樣到虹之國裏去的好機會，而且這橋正巧橫過天空環到我窗邊；要是今天不到那面去，恐怕再沒有這種機會了！火子便從病牀上起來，走近窗子。這時美麗的橋，更輝耀着七彩，像是歡迎火子。火子一隻手扳着窗子，一隻脚跨上虹橋。虹橋毫不屈曲，也毫不給與什麼不安。火子便又把別一隻脚跨上橋上，離開了窗子，嘴裏說着一，二，三，火子戰慄着，在虹橋上走遠去了。

最初感覺着些眩惑，很難過，從前吃下去的東西像要吐出來；但眼睛一向天空，這難過也便消失了。火子一面說着再不要緊了，不憂慮跌下去了，阿，更快地走也不妨；一面元氣也更充足了，努力前進着，而且覺得脚也更有氣力了。像在學校運動會裏競爭一般，揮着手，頭髮任風吹着，對着月亮嘻嘻地笑着走。不一會，虹之國隱約地看見了。

嘴裏說着再一點，再一點，火子更出力地走。到了虹之國了。回顧後面，嘻笑地說：

『媽媽，我已到了虹之國了。』

（註一）日本風俗，每月三月三日，舉行『雛祭』（Hiina-Mateuri），小孩用盤盛酒食供奉小偶人。

（二）

母親因爲火子在好好睡着；心裏想就是父親從工場裏囘來了也任伊睡着吧，便去煮夜飯了。

夜飯煮好，息了一下，不覺靠近了窗子，看見龐大的美麗的虹橋，正環到裏面的屋邊。

呵，美麗的虹橋！

到虹之國去的橋！

……幸福，只那個國裏有……

母親不能不這樣想。

因不絕的憂慮和看護着病而疲倦了的那微微發熱的眼睛，只是滴着眼淚。

茫然的眺望着。

在這美麗的虹橋的一端，看去像是火子底模樣。的確，那是火子。火子對着母親頻頻地揮手。又聽到了『媽媽，我已到了虹之國了！』的聲音。

『阿，奇怪！』

母親這樣說着，便蘇醒了。剛才看見的美麗的虹橋，忽然不見了，只有火子在裏面屋子裏叫着。

『嗳……嗳！』

母親想着了火子在叫着吧，便一面答應着，走進了裏面的屋子。

『火子，已經起來了嗎？』

嘴裏這樣問着，一面窺視着火子底面龐。

火子的面龐，瘦弱，冷寂，靜閑得像是精細的臘器一般了；然而這正輝父親又低聲說:『噯!到了明朝天亮,也許變成新鮮的清爽的心情吧!』

火子的面龐,在靜寂的喜悅裏現出清白.小小的白薔薇花,像是憐惜那同年輕的生命別離,噴着靜寂的芳香.

(註一)日本,室內都鋪一種席,約幅三尺,縱六尺,高一寸餘,叫『疊』(Tatami).

(馥泉譯)

父親吃驚着說．

『不，並不發狂！』指着火子的尸首，『這已經第五個了……孩子要餓死，我決不願再生育了！結果總是這樣！我已經明白使孩子餓死的事，決不能再生育孩子了！不殘酷嗎？不是不道德嗎？也許是獸類所做的事，但決不是人類所做的事呵！我想，我們勞動者，是沒有生育孩子的權利的！……

『我決不是不愛你！我像從前一樣地愛你！但使五個人都餓死，可是難堪的事呀！我已經多了！太多了！你再另外娶人而生育孩子也好，我卻情願獨身以終生了！』

父親的眼睛，閃着異樣的輝光．他的拳頭，只是顫動．鮮豔的血，從嘴唇上落在疊（註二）上．

西邊天空底夕照，正像血一般地燃燒着．

兩個人在夕暮的靜默之中，繼續着深深的靜默．

「死了嗎？」

「噯！已到了虹之國了吧！」

父親現着喜悅；眺望着靜默的——火子底面龐，靜靜地跪下去了。在伊冷了的額上，熱熱地接了吻。

「爲你想，這是多麼喜悅的事呀，——與其那樣地生活着哪！」

父親的聲音很低，他的眼睛却尖銳地閃着。

母親把柔和的手擱在同站窗邊的父親的肩膀上，說：

「喂！」

「什麼？」

「……」

「請同我離了婚吧！」

「阿，發狂了嗎？——爲什麼今天說起這種話來？」

耀着不能磨滅的強烈的喜悅。旁邊底小小的白薔薇花，像是憐惜同年輕的生命別離，噴著靜寂的芳香。

「火子，火子……火……子……」

母親任是叫了幾多聲，並沒有火子的答應了。火子那種柔弱的可愛的聲音，在這冷酷的世中，已再不能聽到第二次了。

已經明白了這件事的母親，

「阿，微笑着……已到了虹之國了吧！……快活着吧！……」

嘴裏這樣說着，又靜默地走近了窗子。

「還來了！」父親的聲音，

「怎麼了？」看到靠着窗子的母親便問。

母親什麼也不說，只是指着火子。

「唔！」

世界的火災

一

唉唉，寂寞的夜！又暗，又冷，……這夜要到什麼時候纔完呢？

哥兒，親愛的哥兒呵，睡不着罷？無論怎樣的想睡覺，總是不成的呵，唉唉，討厭的夜！這樣的夜裏，怎麼辦纔好呢？只要在這樣的夜裏能睡覺，什麼法子都想試一試看；而且想將睡着的人，無論用什麼法，強勉的催了起來，強勉的攪了醒來。……

唉唉，苦悶的夜！而且又是儘下去儘下去，不像要明的夜。……

便是住在家裏，也彷彿在無限的沙漠上徬徨似的；便是靠了火，也彷彿被冷風吹着，身心都結了冰似的。

唉唉，可怕的夜！在這樣的夜裏，怎麼辦纔好呢？

然而，哥兒，無論這夜有怎樣的寂寞，有怎樣的寒冷，啼哭是不行的。到這里來，給你拭眼淚，將哥兒坐在膝上，緊緊的抱着，愛撫你罷，給可以溫暖轉來。……

說是睡着的幸福麼？

也許幸福罷，便是關在狹的籠中，也可以做自由的夢的，無論夜有怎樣寒冷，也可以做暖和的春天的美的夢的。

然而這樣的夜，有已經醒過來的，便再也睡不着。……

哥兒呵，不是吸鴉片，不是注射嗎啡，是再也睡不着的了，那已經醒了過來的是……

說是鴉片也好，嗎啡也好，什麼都好，只要給你能睡覺麼？唉唉，這眞是可憐見的哥兒了，怎麼的對付這哥兒纔是呢。我更緊的擁抱你，在你顫動的嘴脣和悲涼的眼睛上，更久的給接吻罷，但願再不要對我提起那鴉片和嗎啡的事了。在你呢，想吸了鴉片去睡覺，原不是無理的事；想做那暖和的春的自由的夢，也是當然的。但與其吸了鴉片去睡覺，倒不如死的好，因爲那是永久不會醒來，那是能永久的做着暖和的春的自由的夢。……

然而哥兒，再稍微的等一會看罷。

再稍微的……

便是這樣的夜，也總該有天明的時候。……

更緊的更緊的抱住哥兒罷，更久的更久的給接吻罷，而且一面等着天明，一面給哥兒講一點什麼有趣的話罷。……

古老的話是怕不願意，那就講點現代的的話罷，偵探小說模樣的。…

二

有一回，我因為事情到S市去，市中的客店都滿住了客人，沒有一間空屋，便完全手足無措了。然而在一所大旅館裏，看見我正在為難，便有一個好人似的亞美利加人來說，倘若暫時，那就住在自己的房間裏也可以。我很歡喜，立刻搬行李進了這房間。據旅館的小使說，那放我在他房間裏的外人，便是亞美利加有名的富戶，人都知道是S市的大實業家。聽說他是一日裏用着五大國的言語算帳的。一聽這話，我就很安心了。夜膳時候。看那聚到食堂裏來的客，全是顯着渴睡似的臉，做着金銀的夢的諸公。那亞美利加的實業家雖然在用膳，一面還啃住算盤，用了五大國的言語在那里算什麼帳。大約夜裏十點鐘光景罷，我和亞美利加的實業家都靠近火爐閒坐着。我也不知道甚麼緣故，覺着不安，竭力的要不向那亞美利加的實業家方面去看了。於是這外人似乎定了什麼決心，正對面看定了我的臉，說道：

「可以看一看我的臉麼？」

我怯怯的將眼光移在他那精細的剃過的臉上。實業家的透明的黃鼬似的眼睛，鋒利的看着我，嘴唇上浮着靜靜的微笑。

「我不見得有些像狂人麼？」他又問。

「那里那里，正是正式的亞美利加人的臉呵。」我回答說。

「我雖然也這樣想。然而不覺得我已經死了似的麼？」他問。

我便說，「那有這回事，分明是鮮健的活着似的。」

「我雖然也這樣想，……」實業家機械的說，便在烟捲上點了火。秋風在火爐的烟囱裏，唱起寂寞的秋之歌來。被烟捲的烟霧所遮蓋，實業家的臉完全不見了。這也使我增添了不安。隱在烟霧裏的實業家開口說：

「我在年青時候，也如你們青年一般，最喜歡游戲。在紐約，都知道我是野球和蹴球的選手。賽船和長路競走（Marathon race）的時節，我得到過許多回的金牌．跳舞不必說，便是溜雪和滑冰，也始終都說我是第一等．那時候，大家都以爲我活着，我自己也覺得是像樣的活着的．……』

他暫時沈默了．遮蔽在烟霧裏的幽魂似的他，我極想給哥兒一看呢．

……外人又接着說：

『不但如此，我那時總以爲生在帶着溫暖的光的明亮的世界裏；而且那時候，也沒有人將我當作狂人，想送進精神病院去，倒是凡有我的意見，大家都以爲不錯似的．然而有一夜，我被冷風攪起了，從那夢中醒了過來，我纔發見在稱爲紐約的暗洞裏．秋的風，庭園的白楊和楓樹，都伸開枝條來，說是「我們冷，我們要光明，」敲着我的房子的窗戶．我趕快起來，生了睡在爐中的火；旋開屋裏的電氣，點上了黃金的洋燈和白銀的燭臺．然而那風，那庭園的白楊和楓樹，也還是說道「我們冷，我們暗，」伸開枝條來敲着窗戶．我全開了窗，風便欣然的進了屋子裏，來應援火；白楊和楓樹也都將枝條伸進屋子裏，來應援我。我所看不見的遮在暗夜裏的聲音，聽得更分明了，他們都叫喊道，「我們冷，我們要光明。」

秋風吹亂了我的頭髮；白楊和楓樹都叫着「荷荷」的應援我，劇烈的搖擺着他們的枝條。

我在屋子中央生起一個大的火，體面的交椅和紫檀的桌子都做了柴。然而在暗夜裏便是那大的火，也只像一點小小的貧弱的火花。看着這火，聽着遮在暗中的眼不能見的寂寞的聲音，我的心裏發生一個大欲望了。我以爲便是一小時也好，要試教這夜變成光明，便是一小時也好，要使那遮在暗中的得到溫暖。抱着大火把，我於是一家一家的點起火來。阿阿，好個光明的夜呵，而且是愉快的。……」

他沈默了。但是只要看他的神情，我便能明明白白的想出那被秋風所吹的火海；從吹着烟囱的風的嗚咽裏，我便彷彿是分明的聽到了吃驚的紐約的市民的紛亂和火海的呻吟。

外人微微的笑了。

「憤怒的他們，決計要將我活拋在火裏了，然而這卻是我的最爲希望的事。比這更明，比這更暖的墳，在這世上是沒有的了。我向着這明的，這暖的，歡迎我似的呻吟着的墳，飛奔過去，一面詛咒着暗的夜，……一面讚美着火的海。……

願和烟餤同上了崇高的空際，溶在自然母親的眷念的胸中。

然而我是一個有着在這世上還得覺醒一回的可詛咒的運命的不幸者。……

在紐約的狂人病院裏，縛了手足，晝夜不斷的，幾星期用冰水從頭頂直淋下去的我，不獨是在這紐約的狂人病院裏，簡直是成了在全亞美利加的狂人名物了。……

叨了亞美利加有名的精神病科的博士們的蔭，我不久便悟得自己是狂人了。而且分明的悟得之後，博士們便說我的病已經全好，教回到燒掉了的家裏去。

我造起比先前更體面的房屋，度起比先前更愉快的生活來了。選代表到國民議會的競爭，舉大總統的游戲，究竟比野球競爭更有趣，比打牌更愉快。至於賽船和抛圈之類，則無論如何，總不及擺着勢派，坐兵船去嚇各國，以及駕了飛機，練習從空中高高的摔下炸彈來。然而雖然過着這樣有趣的生活，我總還想放一回火，這回並不單在紐約市，却是全亞美利加，是全世界了。……

他從烟囱裏伸出臉來，湊近了我的臉。我發着抖，竭力的退後了。他也並不留心，接着說：

『你以爲這做不到麽？一個人也許難，然而我已經不是一個人了。你也是我的同道罷？四面八方的點起這暗的火來，那可就怎樣的明亮呵，怎樣的溫暖呵！而且飛向這火海去，這回決不錯誤，要和烟燄一同上了崇高的空際，溶在自然母親的眷念的胸中。比這更明。比這更暖的墳，在這世上是沒有的了。……』

我站起來說：『你是狂人，確鑿的狂人呵。』便跑出房外去。外人在我後面大聲的笑了。一到廊下，却見比我的臉色更其蒼白的旅館主人和十二三個小使在那里抖。

一問「怎的，」他們便默默的指着窗門。從窗門向外一探望，只見滿是巡警和巡官，水洩不通的圍住了旅館。主人吃着嘴，暗暗的對我說，『說是這旅館裏，藏着一個帶炸彈的無政府黨哩。』

我打電話給狂人病院去。不到半小時，便有四個強有力似的男人，坐着狂人病院的摩托車來到了。他們聽得這有名的實業家成了狂人也很以爲可憐。我領他們到狂人的房外，他們怯怯的問我說，『不會反抗麼？』我回答道：『不至於罷。』便走進房裏去。狂人的實業家彷彿等着我似的。說道『勞駕，』他便大聲的笑了。而且接續着這可怕的笑，毫不抵抗，他被四個男人環繞着，便卽上了摩托車。深知道這實業家的巡警和巡官，也都說道可憐，目送着那車的馳去。一小時之後，從警察署傳到了從上到下施行家宅搜索的命令了。檢查了狂人實業家的行李的巡官，這時纔知道那實業家，便正是他們極想弋獲的亞美利加的有名的無政府黨。於是這回是巡官彷彿狂人似的，跑到狂人的病院去，然而已經遲誤了。毫不抵抗，溫順的跟着病院的人們，那實業家平平穩穩的到了病院，但一出摩托車，他便對着茫然的病院的男人們，謙虛的說了應酬話，邁開大步逃走了。

也有巡官說，這是我故意給他逃走的，然而那些是隨口說說的話。

三

哥兒雖然笑着，但從那時以來，我却很不安，很不安，打熬不住了。從那時以來，我失了做事的元氣了。我的狀態，彷彿是什麼時候都等着火災似的了。什麼在全世界上放火，只有狂人纔會有這樣話。然而我總是很不安很不安，不知道怎麼好。但是哥兒怎麼了？爲什麼這樣的握着我的手呢？爲什麼對着我的臉，用了那樣的眼睛只是看的？怎麼說？我們……說我和你試去放火麼？在那里？在世界？

喂，哥兒，怎麼了，頭痛麼？這哥兒眞教人不知道怎麼對付纔好呢。然而哥兒，那聲音是什麼？聽不出麼？

那個……鐘的聲音麼？唉唉，是鐘了！

火災了！火災了！

快打開窗門看罷，再開大些！……

唉唉，空中通紅了，……大火災了。……

那里呢？……西也有，北也有？這里還很暗罷？阿，哥兒，又抓住了我的手了。還對着我的臉，用了那樣的眼睛只是看麼？你在怎麼說，說這回輪到我們了？輪到去做什麼事呢？唉唉，這哥兒眞教人不知道怎麼對付纔好哩。這樣的可怕的夜，怎麼辦纔好呢？……

（魯迅譯）

爲跌下而造的塔

一

在這地球面上的某地方，在灰色天空的下的某時候，有過兩個大貴人。一個的名兒叫南大光，一個的名兒叫北大光。因爲受神祕的運命的支配，使他們做了鄰居，因爲受盲目的機遇的恩寵，使他們成了那處地方的兩個大富翁；又因他們都有倨傲的心，所以使他們互相嫉妒而又互相仇恨。如果他們是兩頭雄狗呢，他們可就不免要兇鬭起來，而且要用了他們的齒牙，誇耀他們自己的權威了。如果他們是中國的兩個督軍或是兩個省長呢，他們可就不免要相打起來，對內顯出他們的威風，對外顯出他們的愚蠢來了。如果他們是兩個歐洲的政治家呢，他們總也有一遭兒，要用了他們的奸惡，詐僞，卑劣的手段，驚動全世界了。但是，幸喜南大光和北大光既不是雄狗，又不是中國的督軍，也不是歐洲的政治家，他們只不過是他們一省裏的兩個最大的富翁罷了。他們這樣的各相仇恨着；譬如那南大光對着他隣居的莊院，是連瞧都不瞧的，除非是向那邊唾吐，他纔回過頭向那邊去；至於那北大光呢，對着他的鄰居，竟以爲連唾也不值得一唾了，他們是這樣高貴而又是這樣倨傲的呵。

南大光有一個女兒，人家叫她「南園的花小姐；」北大光有一個兒子，人家叫他「北天的俊官人。」南大光沒有見過，而且不想看見北大光的兒子，可是他說起時，總是稱他叫「地上的妖精」的；北大光也沒有見過，而且也不想看見南大光的女兒，可是他卻時常稱她叫「世間的廢人」的。他們是這樣高貴而又是這樣富饒的呵。

那些平民經過南大光的莊子時，提高了聲音，嚷着莊主的姓名，一面卻放低了聲音，說着他的對敵的姓名。經過北大光的莊子呢，那些鄉下人便又必恭必敬的注視着，而且仰着他們的鼻子，正像嗅出紅燒肉的香味一般，一邊呢，又瞧着他的對敵那方，露出一種譏笑的樣子。南大光聽着他的姓名高聲的嚷着，心裏大快樂，他想那些鄉下人把他看得比他鄰人更要富貴哩。那北大光呢，卻也是同樣的想着而且同樣的笑着。咳，那些鄉下人好不識趣，他們知道在什麼地方應該怎樣的恭維，在怎麼地方應該怎樣的譏笑的呵。

二

北大光雖然譏笑她，但是「南園的花小姐」卻是很美的，比四周的女孩子都要美：北大光的兒子也是很美的。因爲這兩個孩子，都是他們父母的獨養子，所以他們被教導着，被照管着，比別的大人家的孩子都要好多了。

從在搖籃裏的時候起，他們早就學會：只愛着他們自己，賤視着貧民，仇恨着勞動和勞動者，使喚着統領着一切的人和一切的事。咳，他們眞是倨傲而又尊大的貴人呵，他們眞是人民中的榮華呵。

有一天，那南園的花小姐忽然想看看——至少也得用了獨隻眼睛看——那北天的俊官人；她悄悄的走到兩家接界的地方。那一天北天的俊官人也忽然想起來，要看看——至少也得用了獨隻眼睛看——那「世間的廢人；」他也悄悄的走到兩家接界的地方。於是她看見了他了，他是美秀，高貴，倨傲，卑視一切的人和一切的事；於是他也看見了她了，她也是俊俏，倨傲，而又慣於使喚着別人。

從此以後，南園的花小姐再也不能安安穩穩的睡着了。咳，如果他是個鄉下孩子呢，她那時一定知道怎樣做和做什麼了；她一定知道怎樣叫他拉着她坐的美麗的小車了；她一定知道怎樣叫他擺動着她躺的弔床了；她一定知道怎樣叫他拿了孔雀毛的扇子給她打扇了；她一定知道怎樣叫他唱歌怎樣叫他講好聽的故事了；要是她嫌憎他時，雖然她還不過是十七歲，但她一定會得知道怎樣的把他攆出去了。咳，如果他只是個鄉下孩子呢，她是很知道做什麼和怎樣做的，但是，現在，她要怎樣纔好呵？他卻實在是一個北天的俊官人；她可不能安安穩穩的睡着了。

北天的俊官人也不能安安穩穩的睡着了，不能自由自在的玩要了。他只是在花園裏彳亍着，思想着，惦念着。咳，如果她是個農家女孩子呢，雖然他還不過十七歲，他一定知道做什麼和怎樣做的了，他那時一定知道怎樣使她歡笑，怎樣使她微哂，怎樣使她恭維他自己了；是呵，他所知道能使她做的事正多着呢；而且覺得討厭她的時候，他更知道怎樣把她送回農家去了。是呵，他那時一定很知道怎樣的裝出富貴的身分來了。但是，現在，南園的花小姐卻不是個農家的女孩子，他在他的花園裏彳亍着，思想着，惦念着；他可不能安安穩穩的睡着了。

三

過了不久，南大光死了，雖然他有無量數的家私，和無窮盡的倨傲，他卻終於死了。他死後，接着他的鄰居北大光也死了。「死」眞是老實不客氣的呢，憑你是大富大貴的人，也和貧賤的苦力一樣，都免不了要到這地步。從這樣看來，就有許多人會得想起：天上的神實在是非常德模克拉西的，也許是太過於德模克拉西了罷。南大光被放在美麗的銀質的棺材裏；出殯的儀仗是非常體面：送殯的人，都號哭，悲感，表示出垂頭喪氣的樣子；葬禮完畢了之後，越是哭得響的，越是悲戚的，分派的錢越是多；而且大家都飲宴着喪事的筵席，眼眶裏裝滿了熱淚，盃子裏斟滿了美酒。

北大光被放在金質的棺材裏，出殯的儀仗，是更要體面的多呢；而且因爲剛纔大家都已習練過一囘號哭和舉哀了，都已操演過一囘在酒席上狂飲的本領了，所以這一囘大家號哭得更響，哀戚得更利害，而喪事的酒筵也加上一倍的花費了。是呵，百姓們好不知趣，他們是知道怎樣號哭怎樣哀悼他們的貴人的呵。

四

現在南園的花小姐只剩了她一個人擁着她自己的財產了。她和這個世界裏——也許連着一切別的世界裏——的一切富人們一樣，是只知愛着她自己的，她也和這個世界裏的一切女人們一樣，是只惦念着衣服，裝飾品和婚姻的。是呵，她惦念着他，而且想得不能睡着了。她做一件什麼事，纔能叫他來做她的丈夫呢。於是她便向着自己說道：『我要用了白色大理石造成一所極大的宮殿，這樣我纔能夠使他欽服我的豪富，便不怕他不來求我做他的老婆了。』不多時，一所美麗的白色大理石的莊嚴的宮殿，已造好了；人家都叫他「南方的白色的靈蹟。」

北天的俊官人看見了這座宮殿，忽然的想起來；『我應該使他驚服我的豪富才好，要不然，她再也不會到我這裏來了。』於是他建了一所宮殿，比花小姐的宮殿更要高大得多。他用了青色的大理石建這宮殿，完工了之後，竟像是從青海中出來的靈蹟，所以人家叫他「北方的青色的靈蹟。」於是百姓們都說，南園的花小姐的宮殿，是美麗的，但是北天的俊官人的宮殿，實在更要美麗得多了。

那尊貴的小姐在日裏憤怒着，在夜裏憂鬱着。於是她自己說：『我要建造一個花園，當中有一個湖，四面有美麗的噴泉和涼爽的空氣。是呵，我能使他着了迷……』於是她從東西南北，四處八方招集了許多的花園匠，他們便開始了工作。

不論是誰，再也不會見過比這個更美麗的花園了。在歡樂的空氣裏，惠風戲弄着妖媚的花枝；在異香的林木間，鶯兒歌唱着戀愛的小曲；美麗的噴泉，從皎潔的大理石中間，不住的淙淙的道着萬福；在鷄心式小湖裏面潔淨的流水中，日裏是浴着太陽，夜裏是浴着星辰和月亮。因此人家稱這座花園叫「南方夜裏的佳夢。」

於是北天的俊官人想道：『她有了這麼一座大花園，是再不會到我這裏來了。』於是他從東西南北，四處八方招集了兩倍多的花園匠，不久一座新的更大更美的花園便造起來了，花木格外的出奇，空氣，噴泉，池塘也格外的美麗而可愛。人家都說花小姐的花園是十分出奇的，但是比起這俊官人的花園來，却又算不得什麼了。他們稱這座新花園叫「北方世界的仙境。」

不論是誰，見了這「北方世界的仙境，」心裏都十分的歡悅，口裏都不住的讚歎，只有那園主自己，心裏卻不快活得很。在他的花園裏，噴泉從皎潔的白石中，不住的道着萬福，鶯兒在異香的林木間，不絕的唱着戀歌；鷄心式小湖裏面，潔淨的流水中，日裏是浴着太陽，夜裏是浴着星辰和月亮。但是那園主呢，卻反而唉聲歎氣的沒有一刻的歡悅了。

於是南園的花小姐向着自己說：『現在我要造一座一百米突高的塔；從這塔上我可以瞭望我的莊子，從這塔上我也可以賞鑒那「北方世界的仙境。」』不久塔便造好了，足足有一百米突的高人家給他取了個名字，叫作「到北方的星斗去的路。」

北天的傻官人見了這座塔又想道：『她不會到我這裏來了，除非我建造一座比這更高的塔，她纔會來哩。』於是他又建了一座二百米突高的塔；人家給他取了個名字，叫作「到南方的星斗去的路。」

五

當他們蓋造宮殿，當他們建造美麗的花園，當他們建築高聳的寶塔的時候，中間經過了許多年，當「到北方的星斗去的路」完工了之後，他們頭上已有許多的白髮了，可是幸福離開他們卻還是和從前一樣的遠。有一天晚上，南園的花小姐快快不樂的立在她的高塔的頂上，瞭望着天上的衆星。忽地她看見一顆極美麗的星從天空落下；她嚷了一聲，想用了手去救這落下的星；她失了足，便從一百米突高的寶塔上跌下來了。在「北方世界的仙境」卻也發生了同樣的事：北天的俊官人立在他的二百米突高的寶塔上面；他也望着天空；他也看見一顆最美麗的星從天空落下；他也嚷起來；他也想用手去救這落下來的星；而且也失了足，也從二百米突高的寶塔上跌了下來。

在「南方的白色的靈蹟」裏，人家飲宴南園花小姐的喪事酒；在「青色的北方的靈蹟」裏，人家飲宴北天俊官人的喪事酒。

人家把南園的花小姐葬在「南方夜裏的佳夢」中，把北天的俊官人葬在「北方世界的仙境」中。在這兩處，噴泉從皎潔的大理石中間，不住的淙淙的道着萬福；鶯兒在異香的林木間唱着戀愛的小曲；惠風在歡樂的空氣裏戲弄着妖媚的花枝，在鷄心式小湖裏面潔淨的流水中，日裏是浴着太陽，夜裏是浴着星辰和月亮。

南園的花小姐和北天的俊官人委實算不得第一個呵。世間像這樣的人很多着哩。世間有許多人犧牲了他們的年青，犧牲了他們的一生，以從事於建造；他們特地建造了高塔，爲的是使自己從這塔上跌下來；他們蓋造了很大很大的宮殿，爲的是使人家在這裏飲宴他們的喪事酒；他們建造了非常美麗的花園，爲的是要把他們自己葬在這裏邊。犧牲了青年，犧牲了一生，去幹這種可笑的事情的人，世間很多着哩，而我自己也是其中的一個：我曾經建造過一座高塔，後來便從這塔上跌下來，我曾經蓋造過一所宮殿，後來卻又燒燬他。可是，眞要謝天謝地的，我從塔上跌下來的時候，竟沒有跌死，宮殿燒燬的時候，我也沒有燒死了。但是，這是什麼一回事，你能猜得透嗎？要是不然，我就和你說了罷：什麼宮殿呀，塔呀，——至少在這一回兒——都只是些「空中樓閣」呵。

（愈之譯）

商務印書館出版

兒童愛讀的雜誌

按期郵寄向不延誤

兒童畫報

小學一二年生用

每月二
每冊八
全年廿
一元六
郵費每

兒童世界

小學三四年生用

每星期
每冊六分
郵費每冊半分
每卷十三冊八角
全年五十二冊二元八角郵費在內

少年雜誌

小學四五年生用

每月一冊
每冊一角
全年十二冊一元
郵費每冊一分

元(966)

年七月初版

羅先珂童話集一冊
冊定價大洋柒角)
外埠酌加運費匯費)

魯迅

發行者 商務印書館

印刷所 上海北河南路北首寶山路 商務印書館

總發行所 上海棋盤街中市 商務印書館

分售處 北京 天津 保定 奉天 吉林 龍江 濟南 太原 開封 鄭州 西安 南京 杭州 蘭谿 安慶 蕪湖 南昌 漢口 長沙 常德 衡州 成都 重慶 瀘縣 福州 廣州 潮州 香港 梧州 雲南 貴陽 張家口 新嘉坡 商務印書分館

此書有著作權翻印必究

八七二〇丁

新時代叢書

上海商務印書館發行

這部叢書編輯的起意，不外以下的三層意思：

（一）想普及新文化運動。

（二）爲有志研究高深些學問的人們供給下手的途徑。

（三）想節省讀書界的時間和經濟。

現在已出四種。以後當陸續出版。

編輯人

李大釗　李　季　李　達

李漢俊　邵力子　沈玄廬

沈雁冰　周作人　周建人

周佛海　夏丏尊　陳望道

陳獨秀　鄭太朴　戴季陶

女性中心說

日本堺利彥編述，李達譯，原文係美國社會學者烏德所著，本科學態度，羅舉生物界昭著事實，證明自然中女性實處於中心地位，數千年來之傳統思想，以男性爲中心者，從此粉碎無餘地了。實爲有功於世道人心的科學上的新發現。　定價四角

社會主義與進化論

日本高畠素之著，夏丏尊李繼楨合譯，此書用社會主義者之眼光，批判幷介紹有關社會之生物及哲學上各派學說，讀之不僅能明瞭社會主義與各派學說之關係，且於社會主義之眞義更得正當之見解。　定價每册四角五分

馬克斯主義和達爾文主義

馬克斯與達爾文兩種主義爲近代最有力之思想，學術政治咸受其影響。此書比較兩氏學說而研究之，與前出「社會主義與進化論」一書，頗多互相發明之處。原著者爲英國班納柯克氏，譯者施存統。　定價每册二角五分

馬克斯學說概要

是書係日本高畠素之所著，施存統先生翻譯。內容分五章：（一）馬克斯及其近時批評家。（二）唯物史觀。（三）馬克斯主義經濟學。（四）資本主義生產及其破滅。（五）共產主義觀。提綱挈領，詳加解釋，譯筆亦極詳明，洵爲近世最有價值之書也。　定價每册三角

世界文學叢書

文學研究會編輯

第一種 春之循環

印度太戈爾原著劇本,瞿世英譯,是劇內容,述一國王見白髮而懼,詩人爲作一劇,指示人生之意義。哲理至深,而譯筆極能明達,足藥青年的鬱悶病。文辭清麗飄逸,讀之令人心曠神怡。青年啊!覺得生活的煩悶嗎?何不一讀太戈爾的傑作呢? 定價每册三角

第二種 意門湖

是書爲德國斯托爾姆之短篇名著,唐性天譯。是敘述孩兒的情愛之作,描寫情景,栩栩如生,蓋所表演者都爲著者自己之經驗,所描寫者又是古鄉之風景,能使無數人與著者同情同感,得一深深的印象。且書中一言一動都有寓意,如讀者靜靜地會悟其意思,更覺趣味深長了。 定價每册二角五分

商務印書館發行

元(926)

商　務　印　書　館　發　行

文學研究會叢書

創作集一

隔　　膜

是書爲葉聖陶先生之創作集，共二十篇。葉先生所作，必本於實地的觀察；故能描寫得極眞切，極感人。如「母」，「低能兒」，「隔膜」，等篇，讀者幾無不受其感動，甚至下淚者。總之人類眞摯的愛情到處活躍於各篇之中。讀之只覺此世尙非殘酷，人與人間的不盡隔膜，此種眞誠的提示，確可銷除近來一般靑年的憂悶，消極的病根。　一册定價五角

創作集二

小說彙刊

本書共有小說十六篇，作者有葉紹鈞，朱自淸，廬隱女士，李之常，陳大悲，許地山，白序之諸君。都能於內容之外，兼注意於文辭，如「飯」，「雲翳」，「別」，諸作，其觀察之深刻，情緒之優婉，尤爲近年少見之作。　一册定價四角

文學研究會出版預告

一　工人綏惠略夫。此篇由魯迅君從俄文直譯，小說月報曾已登載，茲特印單行本，亦已排好，不日出版。

二，雪朝。已付印。爲朱自淸，周作人，徐玉諾，郭紹虞，兪平伯，劉延陵，葉紹鈞，鄭振鐸等八人的詩集。

上海商務印書館出版

童話

純用白話最便閱看

第一集　每冊五分

無貓國　大拇指　小王子　紅線領　人外之友　義狗傳　驢史　笨哥哥　有眼與無眼　祕密兒　俄國寓言上　俄國寓言下　怪石洞　雞黍約　氣英布　好少年　火牛陣　點金術　教子杯　園亭會　雲雪爭競　麻雀勸和　能言島　山中人　三姊妹　三問答　絕島飄流　夜光璧　啞口會　女軍人

非力子　玻璃鞋　獅子報恩　風箱狗　木馬兵　十年歸　中山狼　鸚鵡螺　賽皋陶　湛盧劍　快樂種子　銅柱圾　三王子　風塵三達　馬上談　驚雀認母　獻西施　橄欖案　河梁怨　勇王子　睡王　萬年竈　紅帽兒　丈人女壻　如意燈上　如意燈下　皮匠奇遇　大槐國　貧骨報恩　我知道

西藏寓言上　西藏寓言下　河伯娶婦　平和會議　騾大哥　書獃子　兔娶婦　樹中緞　海斯交運　飛行鞋　風波亭　救季布　海公主　睡公主　哥哥弟弟　傻男爵遊記　小鉛兵　扶餘王　姊弟捉妖　千疋絹　伯牙琴　獅螺訪豬　尋快樂　除三害　蛙公主　一段廳　怪花園　牧羊郎官　金龜

第二集　每冊一角

風雪英雄　夢遊地球上　夢遊地球下

大人國　小人國　審狐狸　無瑕璧　蘆中人

京語童話　每冊八分

喜鵲林　花鐘　猿島　小英雄　光明露　好兄妹　石獅　飛車　賣豆童子　少年宰相　金山

此外尚有家庭童話女子童話俄國童話在印刷中